落第賢者の学院無双
～二度転生した最強賢者、
400年後の世界を魔剣で無双～
4

「ふふ、宝物庫を開き、サーシャ様から
管理委託されている蔵書を閲覧させろと?」
「あらあら、
これは何をお馬鹿なことを
言ってるのかしら?」
スヴェトラーナ
龍姫と呼ばれる龍帝の血族。サーシャから宝物庫の管理を任されている。

「お母さんの本命は
いつまでたっても
エフタルちゃんだけよ」
イリア
エフタルの今世での母親。相変わらずエフタルを溺愛しているご様子。

アナスタシア
元奴隷の少女。助けてくれたエフタルに心酔している。
マリア
エルフの留学生で学年トップクラスのエリート。エフタルへ猛烈アプローチ中。

しぇりる
シェリル
氷神皇の子孫で精霊の血を引く。魔力枯渇で死にそうなところをエフタルに救われ、兄のように慕う。

エフタル
400年後の世界に二度目の
転生をした姿。今世でも
魔導の頂を目指す志は変
わっておらず、魔法学院
にて魔術の研究を進める。

フレイザー
元王都のロイヤルガードの団長であり、現オルコット公爵。人望が厚く、エフタルを幼少期から優しく見守っていた兄。
「お姉ちゃんの本命もいつまでたってもエフタルなんですからね！」
セシリア
フレイザーの妹であり、現在の後宮近衛騎士団長。エフタルのことが大好きすぎて暴走してしまう、ちょっぴりアレなお姉さん。

マーリン
魔族屈指の魔術師にして、名門魔法学院の学長。400年経った今も、エフタルのことを想っている。

落第賢者の学院無双４

～二度転生した最強賢者、400年後の世界を魔剣で無双～

白石 新

角川スニーカー文庫

22311

口絵・本文イラスト：魚デニム
口絵・本文デザイン：阿閉高尚（ａｔｄ）

Contents

プロローグ

——サーシャ。

不死皇とも呼ばれる僕の師匠だ。

レベル11の召喚術式を使い、四百年前の世界でも……単騎で大国と正面を切って戦えるとすら言われた武の頂点。

——力とは何か？

大切な人を守るための必要条件。

武における自らのプライドを守るための十分条件。

——力を求めるのは何故《なぜ》か？

人によって答えは変わると思うけれど、サーシャの場合は至極単純明快だ。

——それは、誰かに束縛されないための力。己《おの》が意思を貫き通すための絶対条件。

彼女……いや、彼は文字通りに好きに生きるために力を求め、事実として好きなように生きてきた。

女装趣味は差し置いて、難儀な性格であることは自他ともに認めるところで、彼に力が無ければ……とかくこの世は生きにくかっただろう。

故に、彼は力を求めた。

ワガママではあるけれど、その品性は下劣ではなく、相互不干渉を貫き他人に不要に構うこともない。

周囲に目障りな外道がいれば排除もする。

目障りだという理由だけで粛清された悪党の数は、両手両足の指を全部使ったって数えることなどできやしない。

孤高の魔導士、唯一無二、絶対の最強。

——何者にも束縛されず、誰も届かぬ天空を飛ぶ、美しき漆黒の大鷲《おおわし》。

最強を目指す若かりし僕はそんなサーシャに強く惹《ひ》かれた。
僕自身、何故に最強を求めるかと言われると、答えに窮するところはある。
けれど、それでも強く尋ねられるのであれば、こう答えるしかないだろう。

――男の子として生まれてしまったから。

異世界だろうが地球だろうが、それを夢見ない男はいない。

――それは原初の夢、生物としての本能。

それは色んな人が成長するにつれて現実に直面し、そしていつの間にか醒《さ》めていく夢。
しかし、サーシャはその夢を諦めず、絶え間なき研鑽《けんさん》という翼を武器に、誰も届かぬ頂に舞い上がり大空に君臨し続けた。

――レベル11：古今東西御伽草子《オトギ・ファンタジア》。

最早《もはや》、笑うしかないような圧倒的な暴力。

その理不尽の吹き荒れる傍らには不敵に眩《まぶ》しい笑顔が常にあった。

何のことはない。

結局のところ、この前にサーシャとやり合ったとき、僕はマーリンと二人がかりでも本気を出させることはできなかったのだ。

そのことを指摘すると、サーシャは同門同士では古今東西御伽草子《オトギ・ファンタジア》は禁じ手としている……と苦笑いするだろう。

ともかく、あの人は僕の中での武の最高峰だ。

そして、乗り越えるべき大きな壁なのだ。

僕の目的は最強。

乗り越えるべきはサーシャ。

そのために僕は魔法適性がないという不利を何とかする……それこそが再転生の目的だった。けれど――

――そのサーシャが失踪した。それも、恐らくは彼と匹敵、あるいはそれを超える暴力を伴う方法によってね。

と、僕が物思いに耽《ふけ》っているところで、マーリンが怪訝《けげん》な表情で問いかけてきた。

「どうなされたのですかエフタル様？」

「……サーシャが全力を尽くしてなお、恐らくは負けたということに……正直な話、少なからず衝撃を受けている」

「心中お察しします。デタラメを体現したようなあの方が……」

「ところで……」と、マーリンはサーシャ付きのメイドに問いかけた。

「この襲撃について何か心当たりはないか？　心当たりがなければ最近……サーシャ様の様子に変わったことは？」

マーリンの問いかけにメイドはアゴに手をやる。

そして、しばし何かを考えて小さく頷《うなず》いた。

「そういえばサーシャ様は魔法適性理論について研究なされていたようですね。普段は寿命を延ばすために一日の大半は寝ておられるのですが……お肌に悪いとグチっておられましたよ」

「話の途中、横からで申し訳ありませんがちょっと待ってもらえますか？」

「はい、何でしょうか？」

「今、なんて言いました？」

「お肌に悪いと……」

「いや、その前です」

「魔法適性理論？」

「そう、それです。どうしてサーシャ様は今更になって魔法適性の理論を？」

魔法適性理論は四百年も前に炎神皇《クリフ》が確立した理論だ。

理論自体に誤りがないのは明らかだった。

当時から、それ以上にそこを掘り下げても発展性はないということで……既に完成したものとして長らく捨て置かれた理論でもある。

「私も不思議に思って尋ねたのですが『この理論にケリをつけんと自由が束縛されそうでな……』などとご冗談を。まあ、いつもの調子ではぐらかされたということですね。ともかく、不可能とされている適性治療法などを調べていらっしゃったようです」

「治療法？」

「ええ、今までも何度か、思い出したように魔法適性の研究をされていたのですが、今回は鬼がかったように集中されていまして……ようやく治療法の理論も確立して『これでゆっくり眠れる』と笑っておられました」

大きく目を見開いて、僕は思わずメイドに詰め寄ってしまった。

「ど、どうなされました？　ちか……近いです」

「お願いします連れて行ってください……サーシャ様が魔法適性を研究していた部屋へ」

ドクン、ドクンと胸が高鳴る。

いや、高鳴りが抑えきれない。

呼吸が荒くなり、過度に摂取した酸素で頭がクラクラする。

そうして必死に平静を装いながら、僕はサーシャの住居である世界樹の中を案内されたのだった。

☆★☆★☆★

樹木を刳《く》り貫《ぬ》いた部屋だった。

世界樹の住居は全体的にどこの部屋でもそうなんだけど、色彩と木目からどことなく柔らかい温かみを感じるね。

で、研究室内なんだけど——壁には本棚が並んでビッシリと本が詰まっている。

それと部屋の真ん中には簡易的な錬金術関係の実験設備……フラスコやら小さな錬金釜なんかだね。

サーシャ特有の少女趣味の内部装飾などはなく、必要な物だけが置かれているという感じか。

まあ、この辺りは魔術師としての自分と、個人のサーシャとしての自分の趣味を切り離しているということなんだろう。

ちなみにメイドさんには外で待ってもらって音声遮断の魔法もかけている。

この件については知ると危険が及ぶなんてことも考えられるから、一応大事はとっておいたってとこだ。

「しかし、本当に治療法なんていうものがあるのだろうか？」

「サーシャ様が治療法を確立したとおっしゃったのであれば、そうなのでしょう」

「まあ、そうなんだけどさ。そもそも魔法適性とは四大精霊に寵愛《ちょうあい》されているか否かの基準で決められているものだろう？　それも魂のレベルでさ」

と、そこで僕の思考に何かが引っ掛かった。

――魂のレベルから……か。

精霊というのはファンタジーの生き物だ。

そして、僕の魂は元々はあちら側――つまりは現代地球のものだ。

ひょっとすると、転生者は全員……ああ、なるほど。

それが故にサーシャは僕の《適性無し》を《必然》だと言っていたのか。

「エフタル様？　そもそも、精霊に寵愛される……とは、どういった現象なのでしょうか？」

「確かに――」と、僕は思う。

精霊とは神とほぼ同義だ。

そして神とは大地に溶け込んだ気。どこにでもいて、どこにもいない存在と言える。

元々、ワケが分からない存在ではあるんだけど……。

はたして、この世界にはどうしてそんなものが存在しているのだろうか？

現代地球の進化論・生物論の常識として、生命体である以上、生きる理由は生殖であるはずだ。

精霊が受肉し、生殖した結果のシェリルのような存在は事実として存在する。

けれど、あくまでもそれは精霊が気まぐれに人間の形を取った上での話だ。

つまりは、人間という種族の機能を使って、人間を増やすという意味での生殖となる。

精霊や神が増えたとかいう話は聞いたことがないし、恐らくは単一生殖すら存在しない。

それは……生命の定義、明らかにその理から逸脱している。

「ともかく本棚と机を探してみようか？」

まあ、家探しみたいで気は進まないけどね。

とはいえ、こっちも背に腹は代えられない。

と、そんなことを思いながらサーシャの机の下の引き出しを開いてみる。

「簡単にある訳がない……か」

まあ、そりゃそうだ。

まず間違いなくこれは炎神皇《クリフ》絡みの重要案件だ。

論文というか、資料が実際にあったとしても他人が家探ししてもすぐには分からないようにしているだろう。

そもそも、魔術師にとって未発表の研究成果は命にも代えがたいほどに大事な物だ。

だから普通は隠して保管するし、仮にすぐに分かる場所に置いてあったとしても暗号化だとかの処置がなされる。

「研究成果の隠し場所の常套手段《じょうとうしゅだん》は、隠し部屋とか隠し本棚とかだったね」

「ええ、あるいは研究を完全に終えているのであれば、そもそも別の場所で保管という線もあります」

「まあ一筋縄ではいかないだろうね」

そうして、何となく机上のラックに並べられている本を見ると、こんな背表紙の本があった——

――魔法適性の治療法とソロモンの小鍵　～女神と転生者に対する考察～

そのものズバリ。

ドストレートな題名で……僕はその場でコケそうになった。

「何で普通に置いてるんだよ！」

僕の言葉にマーリンはクスっと苦笑した。

「サーシャ様らしいと言えばらしいですね。豪快というかなんというか」

「まあ、確かにらしいと言えば、らしいけどさ」

と、ゲンナリしながら僕は本をラックから抜き出して手に取った。

「エフタル様？　ところでこの題名にある転生者とは何でしょうか？」

中々に答えづらい質問をしてくるね。

と、僕は少しだけ考えて――

「僕のような生まれ変わりのことじゃないかな」

半分は嘘《うそ》で半分は本当。

地球からの転生についてサーシャは知っているけど、マーリンにその話をしても混乱させるだけだろう。

本の中身を見てもいないのに、今ここでそれを言っても仕方ないという判断だ。

「……さて、まずは中身を確認するのが先決だね」

まあ、ともかくこの書物の中には僕の求める疑問の全てが書かれているのだろう。

背中に汗が走り、言い知れぬ高揚感に満たされる。

前世の僕が失意の内に死んだのは魔法適性が無かったからで……あの時の悔しさは今でも忘れてはいない。

はたして、表紙を開くと目次があった。

どうにも、目次の下から序文が始まっているという構成のようだね。

――本書で主に取り上げるオーパーツはソロモンの鍵であり、転生と女神の関係については前回を参照されたし。

――ソロモンの鍵は存在の根源《ルートオブルーツ》を開く鍵となり、程度の差はあれど次元の特異点を開く際に冥界の宝珠《スカーレットオブハーデス》で代替可と想定される。

ソロモンの鍵？

女神へと至る存在の根源《ルートオブルーツ》を開く鍵か何か……か？

ともかく遂《つい》に魔法適性の治療方法が明かされるはずだ、と次のページを捲《めく》ると――

「はは、ハハハッ！　ハハハハハッ！」

思わず僕は噴き出してしまった。

「どうしましたエフタル様？」

「いや、サーシャは本当に食えないね」

閉じた本を手渡し、ページを開いたマーリンもまた「ははは……」と力なく笑った。

「そう来ますか、サーシャ様は」

「ああ、中身が刳り貫かれている」

まあ、魔術師が自分の研究成果を簡単に他人が閲覧可能な状況にしているとは、僕たちも考えていなかったしね。

なので、その点については特に失意もない。

けれど、そうは言ってもコレはちょっと趣味が悪いんじゃないでしょうかね師匠。

「まあ、これでいよいよサーシャに会って口を割らせる必要が出てきたね。ところでマーリン？」

「何でしょうかエフタル様」

「やはり僕が強くなるのに一番有効な方法は、魔法適性の治療だと思うんだ。炎神皇《クリフ》が何を考えているか分からないけれど、対抗するためには可及的速やかにこの問題をクリアーする必要がある」

「ええ、魔法適性の問題さえクリアーできれば、雷神皇は地上最強です」

「まあ、それは分からないけど……強くなるにこしたことはないしね」

と、そこで僕は「すいませーん」と、部屋の外で待って貰《もら》っていたメイドさんに声をかけた。

「何でしょうか？」

「この資料なんですけど、サーシャ様は本体をどこに保管しているか分かりますか？」

しばし何かを考えて、メイドさんは小さく頷《うなず》いた。

「そちらの系統の資料であれば……そのものズバリかどうかは分かりませんが、龍《りゅう》の宝物庫に保管されているはずですね」

言葉を受けて、マーリンと僕は互いに顔を見合わせる。

「簡単に僕に教えても良かったのですか？」

「マーリン様はサーシャ様の孫弟子です。それに、貴方《あなた》達が訪ねて行ったとして、資料をどうするかはそもそもが保管場所の管理者の判断となりますので……」

まあ、妥当な判断だろうね。

サーシャがあそこに資料を委ねたということは、管理者の判断で好きなようにしても良いということでもあるんだ。

龍の宝物庫の管理者……龍人との契約。

それはつまり、自分の大事なものを龍の宝として守ってもらうという約束で、所有権の全部、あるいは一部が龍に委譲される。

具体的に言うのであれば、大体の場合、元々の持ち主はレンタルとして自由に短期持ち出しは可ってことにして、その代わりに、龍の宝のコレクションの一つとして世界で最も安全な保管管理を保障する……と、こういう契約ってことだね。

「ところで、龍の宝物庫の管理者というのはサーシャ様の知り合いの……龍姫のことだと思うのですが、つまりはあの地方にあるのですよね？」

「はい、オルコット公爵領の山中となります」

さて……と、僕はため息をついた。

全ての状況が今回の人生で生まれ育った、今はフレイザー兄さんが公爵を務めている領地につながっているのはキナ臭い。

けれど……と僕は思う。

今までは炎神皇《クリフ》絡みで波乱の予感しかしなかった。

でも、今回のこれは明るいニュースだ。と、いうのも——

——もしも、この身が魔法適性なしではなく精霊に祝福されていたなら……本当のところはどうだったのか。

マーリンのいうように地上最強だったのか。
かつての努力はハンデさえなければ武の頂へと到達していたのか。
全てはサーシャの研究資料の……龍の宝物庫に答えがある。
そんなことを考えると、ワクワクしてしまう自分が今ここにいたのだった。

翡翠の髪の龍姫

魔法学院のグラウンド、時刻は夕暮れ。

「絶対に私たちもついて行くんですっ！」

と、闘志満々に宣言したのはアナスタシアだ。

向かい合う僕とアナスタシア、遠くからマーリンとマリアがこちらの様子を窺《うかが》っている。

まあ、顛末《てんまつ》を説明すると……だ。

今回は炎神皇《クリフ》が絡んでいるのは間違いない訳だ。

で、僕ですら危険な可能性がある状況で、マーリンはともかくアナスタシアとマリアを同行させると……良くない。

はっきり言って、足手まといとなるし、彼女たちの安全を保証してあげることができない。

だから、仕方なく屋敷での待機を命じたわけなんだけど、それはそれは大きな不満が出た。

『わ、わ、私はご主人様とずっと一緒にいるんです！　一緒にいたいんです！』

懐いてくれるのは嬉《うれ》しいんだけど……それとコレは話が別だしね。

ちなみにシェリルは二人よりも高度な魔法を扱えるので、自分の身はある程度守れると判断して同行を許している。

と、いうのもそもそもからして彼女は氷神皇《アイザック》の関係者だ。

どうにもこの前のブラッドはシェリルの姉の魂を食らったことから存在の根源《ルートオブルーツ》を開いたようだし、シェリルの存在そのものが炎神皇《クリフ》絡みという可能性もある。

そうであれば、多少の危険に目をつぶっても手元に置いた方が良いという判断だね。

『ハァ？　シェリルはオッケーで私は足手まとい？　良い度胸してんじゃないのっ！』

と、まあ、この部分にはマリアが噛《か》みついてきて彼女のボルテージも最高潮になったというわけだ。

で、物凄《ものすご》い勢いで反発を食らったので、僕は二人に課題を出してみたんだ。

「ということで、模擬戦で僕を一瞬でも驚かせるようなことができれば君の勝ちだ、アナスタシア」

「の、の、望むところです！」

性格的には二人とも脳天唐竹割りスタイルだ。

いや、まあアナスタシアは怪しいところあるけどね。

ともかく、納得させるためにはこういう一番分かりやすいのが良いことは間違いない。

「それじゃあマーリン頼むよ」

僕の言葉を受けて、マーリンは大きく頷いた。

「それでは模擬戦――開始っ！」

マーリンの言葉と同時、アナスタシアは大きく後方に跳んで距離を取った。

同時に、置き土産とばかりに短刀……と言っても模擬のナイフなんだけどね。

まあ、これまでのアナスタシアの戦闘スタイルから開始早々に不意打ちで飛び道具を使ってくるのは想定内だ。

剣でナイフを叩《たた》き落とす。

すると、アナスタシアはパチリと指を鳴らして爆発魔法を地下で発動させた。

爆音と共に地面が揺れて、更にアナスタシアは後方へと跳ぶ。

と、そこで僕は気が付いた。一番最初にアナスタシアが後ろに跳んだのは僕と距離を取るためじゃなくて――

「なるほどね」

地面が崩れ落ちる。

足場を失った僕は予《あらかじ》めアナスタシアが用意していた落とし穴へと落ちていく。

穴の半径は十メートル程度で、深さは二メートルってところか。

下を見ると……おいおい、竹槍《たけやり》がわんさかと設置されているじゃないか。

しかも、槍先には毒が塗られているようだ。

はは、これは完全に殺しに来ているね……と僕は苦笑した。

「しびれ薬なんです！　いくらご主人様でも不意打ちで毒には……えっ？」

「マーリンが浮けるんだ、僕が浮けない訳がないだろう？　正直、ここまで手の込んだことをするのかと感心したけれど……これくらいじゃ戦力差は埋められないよ」

垂直落下を魔法で強制的に止め、ゆっくりと高度を上げる。

そのまま穴の脇に着地。

『だから君を連れていくことはできない――』と言いかけたところで、アナスタシアは懐から球状の何かを取り出した。

僕と、そして僕の周囲に向けて総数七個の球体が投げつけられて――パンっと炸裂音《さくれつおん》。

「煙幕っ!?」

アナスタシアのことだから罠《わな》は落とし穴だけではない可能性もあると思っていた。

なので、まあこれも想定内と言えば想定内。

周囲は一瞬で煙に包まれるけれど、僕は努めて冷静にアナスタシアに呼びかける。

「視界を奪おうが、僕は索敵魔法で周囲の状況を読むことができる――こんな風にねっ！」

発動させた索敵魔法が、高速で背後からこちらに向けて迫ってくるアナスタシアを捉えた。

　こちらに向け、大上段から振り下ろされる模擬剣。

　ヒラリとかわして、カウンターで胸に突きを入れる。

「グフっ……！」

　クリーンヒットと共にドサリと崩れ落ちる音。

　と、そこで僕は違和感を覚えた。すぐに煙幕を晴らすべく風の魔法を発動させる。

　どうして違和感を覚えたかというと、剣から伝わる胸の感触が……妙にムッチリしていた。

　というか、アナスタシアにしては異常に豊満すぎる何かを感じたというか。

「アイリーンさん……？」

　はたして、煙幕が晴れたそこには――

　倒れていたのは生徒会の副会長のアイリーンさんだった。

　ああ、どうりで豊満すぎる胸の感じ……って、何でアイリーンさんがこんなところにっ!?

　と、僕が狼狽《ろうばい》したところで、アイリーンさんがニヤリと笑った。

「レベル4の擬態魔法でございますわ。効果時間は数分ですが……それだけあれば十分と、アナスタシアさんにお願いされましてね」

そういえば試合の直前にアナスタシアはトイレにいっていたね。

何か仕込んでいるとは思っていたけど、そういうことだったのか。つまり——

——僕は最初からアナスタシアとは戦っていなかった。

そして、開幕から彼女が魔法を一回も使っていないことに気づいて……僕は「ああ」と頷いた。

なるほど、術式構築のクセで僕が気づくって……そういう読みか。

でも、それじゃあ本物のアナスタシアはどこに？

と、そこで落とし穴の下で土がモゴモゴと動いた。

「落とし穴の中に更に穴……二重底かっ！」

中から飛び出てきたのは勿論《もちろん》、アナスタシアだ。

彼女は右掌《みぎて》をこちらに向けたまま出てきて、即時に魔法を発動させる。

「レベル４：光針《シャイニングアロー》っ！」

使う魔法はレベル４枠では最速の矢。

威力は小さいけれど、術式を組むのも矢の速度そのものも速い。

正直な話、この状況は完全にノーマークで、僕は魔法術式を何も組めていない。

体躯《たいく》を捻《ひね》って矢を避けようとするけれど――間に合わないっ！

慌てて僕は掌《てのひら》を矢に向けてかざして――

「レベル6：闇の守護印《ブラックガーディアン》っ！」

ギリギリで間に合った。

僕の発動させた防御魔法にアナスタシアの魔法は瞬時にかき消される。

「こ……こ……ここまでやっても……一撃を入れることすらできないなんて……やっぱりご主人様は規格外なんです」

涙目になっているアナスタシアだけど……まあ、ズレてるよね。

マーリンの方を見ると、「認めざるを得ない」という風に苦虫を噛《か》み潰《つぶ》したような顔をしている。まあ、僕も同感だ。

正直、言葉が出ない。

と、いうのもこの場合……僕は防御魔法を使わざるを得なかった。

いや、使わされたという表現が正しい。

もしもアナスタシアではなく、マーリンにこの戦法を使われていたら……ひょっとせずとも負けていたかもしれない。

何とかやり過ごせたのは地力に圧倒的な差があるからで、その差を……不意打ちという戦法でアナスタシアが埋めてきたのは事実なんだ。

少なくとも、一対一の戦闘において、ここまで技術に差があるのに僕が防御魔法を使ったのは初めてのことだね。

「いや、驚いたよ。アナスタシア」

僕の言葉でアナスタシアはパァっと表情を輝かせた。

「それじゃあひょっとして？」

「元々、裏の道を歩いてきた君だ。逃げることに関しては本職だろ？　危険を感じたら一目散に逃げること、それが条件だ」

「はい、はいっ！　ありがとうございますご主人様っ！」

そうして僕は軽く息をついて、次にマリアのところに歩いて向かった。

「マリア。言いにくいことなんだけどさ……アナスタシアのような機転がない君を連れていくことはできない」

「何？　風で聞こえにくいんだけど」

確かに急に風が強くなってきたような気がする。

なので、僕はマリアに更に近づいて大きな声でこう言った。

「マリア。言いにくいことなんだけどさ」

「だから、風で聞こえにくいんだけど？　もっと近づいて耳元で言いなさいよ」

言われた通り、マリアの耳元で再度僕は口を開く。

「マリア。言いにくいことなんだけどさ、君にはアナスタシアのような機転もないし力も足りな――」

不意打ち。

マリアは僕の唇に、自分の唇を重ねてきた。

「……え？」

「アンタを驚かせれば良いんでしょ？　ちなみに凪はアイリーン副会長が魔法で作ったものよ」

マリアはアイリーンさんと顔を見合わせて、ニカリと悪戯《いたずら》っぽく笑った。

くっそ……。

しかし、驚いてしまったことは否定できない事実だよね。

「私はついてくから。アンタに変な虫がつかないように……ついていかなくちゃいけないから」

「変な虫？」

「……だってアンタ癖があるでしょ？　変なのを……拾う癖がさ」

まあ、その点については言い返せないよね。

ともかく、男が一度した約束だ。正直なところ、二人ともお荷物なんだけど……まあ、僕自身の修行と思ってここは諦めておこう。

☆★☆★☆★

学院対抗戦は一か月先なんだけど、それまでの間は魔法学院には休みを貰《もら》った。

マーリンについても、有給休暇が馬鹿ほど溜《た》まっていたのでその消化という次第になったみたいだね。

まあ、色々と揉《も》めたみたいだけど、言い出したらきかないということで通っているらしく、そこは無理やり何とかしたようだ。

で、馬車で公爵領に向かうこと四日間の旅路。

僕たちは最初の目的地である、龍《りゅう》の宝物庫に辿《たど》り着いたんだよね。

人里離れた山中の洞穴に入り、暗くひんやりとした岩肌をいくこと十五分といったところか。

すると、道が急に整備された石畳に切り替わる。その行き止まりにある門を開くと――

はたして、そこには別世界が広がっていた。

毛の長い絨毯《じゅうたん》に、金銀財宝と胸像や絵画で彩られた、宮廷の社交場を思わせるようなロビーに出たんだ。

　そして、宝物庫に入ってすぐに管理者が奥の部屋から現れた。で、既に知り合いであるマーリンがしばらく話をすると、管理者はクスクスと笑い始めた。

「ふふ、宝物庫を開き、サーシャ様から管理委託されている蔵書を閲覧させろと？　あらあら、これは何をお馬鹿なことを言ってるのかしらマーリンちゃん？」

　見た目は二十代後半の人間の女性って感じなんだけど、いや……それは違うか。

　美術館の絵画から抜け出してきたかのような非の打ちどころのない現実離れした美。

　ある種の妖艶さまでも伴っていて、化生の類って感じはするよね。

　っていうか……物凄《ものすご》く胸が大きい。

　もう、人間離れというかなんというか、僕も一応は男性だ。

　なので、どうしてもこの……今にも爆発してはちきれんばかりの胸が気にならないと言えばそれは嘘《うそ》になるだろう。

　――まさに規格外。

　マーリンもかなりの巨乳で、初めて見た時は少なからず衝撃を受けたのだけど……コレ

はちょっと次元が違う。

――ロケット乳。

そんな言葉が頭に浮かぶ。

男の夢を乗せて大気圏外にまで飛び上がっていきそうな、そんな頼りがいのある胸……って、僕は何を考えているんだろうか。

しかも露出度の高い服装で胸元がはだけているから、余計にそんなことを考えちゃうんだよね。と、それはさておき。

「ああ、無論、貴様が素直に応じるとは私も思っていないぞスヴェトラーナ」

と、そんな感じで二人は睨《にら》みあっている訳だけど……。

うーん、昔は仲が良かったはずなんだけど、そんな感じに今はなっているようだね。

ちなみに、このスヴェトラーナだけど、僕とは浅からぬ縁がある。

小さいころは僕に良く懐いてくれていた。

見た目もお人形さんみたいなもんだからって、こっちも猫可愛《ねこかわい》がりしたんだっけ。

普段は人間の姿で、龍帝の血族――エメラルドドラゴンである名残は、深い翠《みどり》の髪色にしか残されていない。

ここは昔と変わらないね。

「ともかくお姉さんはね……弱者に協力することが嫌いなの。正確にいうのであれば、人間に力を貸すことはやぶさかではないけれど、弱者は人間としては認めないというニュアンスが近いかしらね」

「ふむ、弱者とはどういうことだスヴェトラーナ？」

「だって、キリがないんですもの。やれ、あそこの山に巨人《タイタン》が現れた、やれ、そこの川に川馬《ケルピー》の群れが……お助けください龍姫様ってね。貴女《あなた》自身にも似たような経験はあるんじゃないのマーリンちゃん？」

「まあ、否定はせん。力ある者に力を持たぬ者が頼り、そして群がるのは仕方のないことだしな。しかし、貴様もまたエフタル様の遺志を継ぐ者。昔は……弱者を虐げる外道や魔物相手には嬉々《きき》として討伐に向かっていた記憶があるが……」

「四百年前のマギアバースト以来、貴女たち魔族も含めてヒト種は変わってしまったのよ。だから、ある時期からお姉さんも考え方が変わったの。今は敢《あ》えてヒト種を害する気持ちもないけれど、敢えて助ける義理も暇もないわ」

「つまり」とスヴェトラーナは掌を叩《たた》いた。

「キリがないのよ、本当に。川馬《ケルピー》くらい自分で何とかしてもらわないと、お姉さんは本当に困っちゃうわ。それに何度か助けるとそれが当たり前になって、私が絡んだ案件で……

被害者が一名でも出たら文句言う馬鹿もいる訳じゃない？」

「まあ、気持ちは分からんでもないがな。こちらの善意が当たり前になると、そのようなことは往々にして起きる」

「だから、お姉さんは人間達に興味を失ったの。弱者と関わり合いになると面倒なだけよ」

しかし、自分のことをお姉さんと呼ぶのはどうなのだろうか。

まあ、見た目からしてそれっぽいっちゃあそれっぽい感じだけどさ。

と、そこでマリアが二人の会話に入り込んで言った。

「た、確かにヒト種にはそういうところはあるかもしれないですけれど、少し言い方が酷《ひど》くありませんか？　私たちみたいに魔法も身体能力強化も使えないような……そんな弱い人たちには低位の魔物でも脅威なんですよ！」

「ふふ、ふふふっ！」

これは愉快だとばかりに、スヴェトラーナは何度も手を叩いて笑った。

「今、このエルフのお子様は……私たちって言ったの？　これはおかしいわ、はは、はは、はははっ！　ひょっとして貴女……自分は弱者の側ではないとでも思っているの？」

「……少なくとも川馬《ケルピー》くらいならどうにかなりますけれど？」

「いやいや、これはお姉さんも驚きだわ。本当に自分はお姉さんと同じ側に立っていると思い込んでいるみたいね。自分は他人とは違うと思い込んでいる小娘……ふふ、これだから馬鹿は救いようがないのよ」

　その物言いにマリアは頬《ほお》を膨らませる。

「……これでも魔法学院の代表選を勝ち抜いて、全国大会に出る予定なんですけどね」

「ふ、はは、ははは！　あひっ……くっ、くく……言うにことかいて……魔法学院の子供たちのお話？　いやあ、これはこれは驚愕《きょうがく》のスケールの話でお姉さんもビックリよ」

「な、何がおかしいの!?　魔法学院の全国大会って言ったら若き魔術師の栄光で――」

「逆に問うけれど、貴女にはダニの個体差が分かるとでも言うの？　そんなミクロの話でどっちが大きいとかどっちが小さいとか言われても……お姉さんには笑うことしかできないわ」

「ちょっ……ダニって……何なのよアンタさっきから！」

「事実、学生どころか――四百年前ならいざ知らず、今の時代の魔術師の差と言われても、お姉さんは困惑することしかできないのよ。そうね――そこのマーリンちゃんくらいにならないと話にならないわ。それがお姉さんが弱者とひとまとめにはしない最低ラインよ」

　そこでスヴェトラーナの瞳が妖しく光った。

「言っても分からないと思うから体で納得させてあげる。これは翡翠眼《ひすいがん》――エメラルドドラゴンの固有能力の一つよ」

　言葉と同時、アナスタシアとマリアとシェリルはその場で膝をついた。

瞬時に彼女たちの顔が青ざめ、その場でプルプルと小刻みに震え始める。

「ほら、お姉さんは抑え込んでいた、龍帝の覇気を出しただけなのに――貴女たちは身動き一つ取れないでしょう？」

「これはね」との前置きでスヴェトラーナは言葉を続ける。

「ヒト種の本能……知恵の実の作り出した皮質を抜けて、脳の奥の深いところに語りかけるのよ」

「語り……か……け……る……？」

「ええ、そうよ。絶対的な力を、格の違いを、理屈ではなく本能で悟らせるの。如何《いか》に自らがか弱き存在であるのか、この瞳は良く相手に理解させてくれるわ。そう――今の貴女たちのようにね。まあ、普通は口を利くことすらできないのだけれど、訂正しておくわ。貴女たちはダニではなくハエのようね……」

「ハエ……って……くっそ……」

「ええ、そうよ。ダニではなくハエだと特別扱いしてあげる。ふふ、弱者と貴女との違いをお姉さんに認めさせたことだし、これで満足かしらエルフのお嬢さん？」

クスクスと笑うスヴェトラーナにマリアは歯ぎしりしながら、精一杯に抗《あらが》うように声を絞りだした。

「こ……の……」

「ねえ、エルフのお嬢さん？　龍人は何故《なぜ》に強いか……考えたことがあるかしら？」

「そんな……知ら……ない……」

「絶対の力で君臨するべく運命を背負って生まれたから――それが龍帝の血族よ。これは越えられぬ壁、神々の定めし法理――種族の壁なの」

スヴェトラーナの言葉に僕は愕然《がくぜん》とする。

そして、僕はその場で立ちつくし、ただただ大口を開くことしかできない。

いや、開いた口がふさがらない。

――何という……増長具合なんだ。

四百年前、ちんちくりんだった頃はあんなに素直で可愛《かわい》かったのに……。

けれど、どうにも胸の成長とともに態度も大きくなったようだね。

そこでクスクス笑いを止《や》め、スヴェトラーナは真顔を作った。

「しかし稀《まれ》に人間には努力でその壁を突破する者がいる――だから人間は興味深いの。故にお姉さんは……半ば今の人間を諦めつつも、魔術師には興味を持ち続けているのよ」

「……どういう……こと？」

「今、貴女が私の下で這《は》いつくばって蔑まれているのは単純にステージに達していないからなのよ。例えば、お姉さんは不死皇を尊敬しているし、他にも過去に……敬愛した人間は何人もいたわ」

　その言葉を受けてマリアは脂汗をかきながらも、勝ち誇ったような微笑を浮かべた。

「これは……お笑い……ね。偉そうなこと……言ってるけど……一人……ステージとやらに……達してる奴《やつ》が……いるんじゃないの？」

　マリアがこちらに視線を送り、続けてこちらを見てきたスヴェトラーナと僕で視線が合った。

　そしてスヴェトラーナは大きく大きく目を見開いた。

「……これは驚いたわ。貴方《あなた》はどうやらこちら側のようね。しかし見ない顔……ね。ひょっとして四百年前から生きる者ではなく、マギアバースト後に生を受けた子かしら？　ふふ、お姉さん……今の人間も捨てたものじゃないって感じで……とても嬉《うれ》しいわ」

「まあ、喜んで貰えたのなら何よりですよ」

　そのまま楽し気にスヴェトラーナはこちらに駆け寄ってきて、僕の首に両手を回してきた。

「お名前、キミのお名前を聞かせてくれる？」

「ちょ、何するんですか！」

　そうして自分の胸元に向けて僕の顔を抱き寄せて——

――ムギュ。

と、僕の顔はその巨大な胸の谷間に埋《うず》められたのだった。

「ねえねえ、お姉さん……今、本当にすっごく嬉しいの！　お名前、お名前聞かせてくれるかな⁉」

「ちょ、やめてください！　ええと、名前は……エフタル！　エフタル＝オルコットです！」

　圧倒的な質量に顔を両挟みにされて、半ばヤケクソ気味にそう叫ぶと、スヴェトラーナはその場で硬直した。

「ええとマーリンちゃん？　この子は貴女の連れなのよね？」

「と、いうか私が連れなのだがな」

「何言ってるのよ貴女。まあ、貴女の弟子か何かなのでしょうけれど……っていうかフザけてるの？　ああ、そうよね、貴女たちはフザけているのよね」

「だって……」とスヴェトラーナは言葉をつづけた。

「そう、エフタル様……四百年前に愛し合った私の旦那様……雷神皇と同じ名前をマーリンちゃんが連れに名乗らせる訳がないんだから」

言葉を受けて、マーリン以外の一同が大きく目を見開きそして――

――過去に何をやらかしたんだお前……的な視線を向けてきたのだった。

っていうか、心なしかみんなの視線に殺意が混じっているような……。

と、僕は大きくため息をついたのだった。

☆★☆★☆★

『あのね、えとね……大きくなったらエフタル様のお嫁さんにしてくだしゃいっ！』

それはスヴェトラーナが五歳……まだ歯抜けの頃の出来事だった。

とある事情で彼女の命を救った僕は……幼い彼女の初めての恋愛対象になってしまったということだね。

『ああ、デカくなって良い女になったらな』

で、その時の僕は冗談でそう返したんだ。

うん、確かにそんなことを言ったんだけど——どうやらあの子はそれを真に受けたらしい。

「と、まあ、そういう理由で……成長して良い女になったお姉さんが……エフタル様の嫁であるというのは確定的に明らかなのよ」

「だからエフタル様にはブリジット様という妻がいると——何度言わせる気だ貴様はっ!!　だから私は貴様と会うのが嫌なのだ！」

「あら？　龍人《りゅうじん》族は一夫多妻よ。細かいことはお姉さんは気にしないわ。あと、私も『貴様は嫁ではないっ！』であるだとか、ワケの分からないことを宣《のたま》い続ける貴女《あなた》には呆《あき》れているから……敢えて会う気にもならないから大丈夫よ」

「ワケが分からんのは貴様だ！　そもそもエフタル様は既に亡くなられている！」

あ、そっちの路線で行くのねマーリン。

まあ、スヴェトラーナに僕が僕であると明かすと面倒そうだから良い判断だ。

うん、僕もその路線を断固として支持するよ。

「と、ともかく！　ちょっと待てスヴェトラーナっ！」

「あら？　待つ？　どうして？」

「こちらにもややこしい事情があってな、少し作戦タイムだ」

「……ふむ？　まあ良いわ。手短に済ませてよね」

で、マーリンがこちらにやってきて、会話を聞かれないために音声遮断の魔法結界を張った訳なんだけど――

「スヴェトラーナに詳細を問われた際、基本路線はエフタル様は私の弟子ということにしますがご容赦ください。そして、今のエフタル様については、四百年前の雷神皇の愛人の一族が実は生き残っていたと……あの手でいきましょう。アレが一番説得力があります」

「ああ、かまわないよマーリン」

　で、そこでマリアが不機嫌そうに頬を膨らませる。

「ちょっとエフタルどういうことなのよ？　あの女が子供の頃の約束でワケ分かんないこと言ってるってのは分かったけどさ」

「そうなんです。そもそもどうしてご主人様と龍の姫が知り合いなんですか？　それに命を助けたって？　どんなとんでもないことがあったんですか？」

「いや、とんでもないとか、そんな大したことじゃないよ。普通に……そう、四百年前の話になるんだけど……それで……いや、普通にさ……」

「普通に？」

「うん、普通に知り合いの龍帝に頼まれて幼いスヴェトラーナを預かることになって、彼女を狙ってきた邪神龍エキドナを退治することになってさ」

「そんな普通はないんです！」「どんな普通っ!?」

と、ノータイムでツッコミを受けてしまった。

けれど、シェリルはツッコミには参加せずに、ただただ小さく頷《うなず》いたんだ。

「……初代雷神皇ならば当たり前。正にエフタルにふさわしいスケールの……普通の逸話だと言える」

何故か誇らしげなシェリルだったけど、まあそれはさておき。

「いや、四百年前では普通の話なんだって。まあ、氷神皇《アイザック》と組んで邪神龍を撃退したんだけどね、流石《さすが》に僕一人ではエキドナ討伐は無理があるし」

「何ていうか四百年前って……とてつもないことになっていたのね」

マリアは青白い顔で、ゴクリと息を呑《の》んだ。

「マリア学生？」

「何でしょうかマーリン様？」

「四百年前でも普通ではない。このお方とご友人が色々とおかしいだけだ。まあ、だからこそ四百年後の今の世界では未《いま》だに時折……浮世離れしておられるのだが」

「しかしエフタル？　アンタも本当に大概ね」

「大概っていうと？」

「変なものを拾ってたのは知ってたけど、まさか龍のお姫様まで……」

何とも言えない表情でマリアとアナスタシアは「うんうん」と顔を見合わせる。

と、そこでシェリルがボソリと呟《つぶや》いた。

「……それを言うならマリアもアナスタシアも変。主に性格的な意味で」

そこで苛立《いらだ》った様子でスヴェトラーナがこちらに声をかけてきた。

「まだなのマーリンちゃん？　お姉さんもあんまり暇じゃないんだけど……」

小さく頷き、パチリと指を鳴らしてマーリンは音声遮断の結界を解いた。

「ともかくだスヴェトラーナ、我々は訳あってサーシャ様の蔵書を閲覧せねばならんのだ」

「だから、それは嫌だって言ったわよね？」

「貴様が私のことを個人的に嫌いというのは良く知っているし、私も貴様が好きではない。だが、あくまでも弱者には力を貸さないという話だろう？　私は個人的に嫌われているとしても、少なくともこちらの黒髪の少年は貴様に力を見せたはずだろうに」

「それは……」

「で、どうするのだ、力を貸してくれるのか貸してくれんのか。龍の宝物庫の性質上、サーシャ様の蔵書の管理は貴様に任されているはずだ。閲覧許可の権限と共にな」

そうしてマーリンは勝ち誇った表情と共に「まさかとは思うが――」の前置きと共に言葉を続けた。

「弱者ではない人間に力を貸すことはやぶさかではないという言葉に偽りがあるというのか？　ふっ、嘘《うそ》をつくとは……誇り高き龍人族の姫が聞いて呆れる。語るに落ちるとはこのことだ」

「ぐっ……」

　マーリンは腕組みしながら、侮蔑の視線をスヴェトラーナに向ける。

　しかし、本当に仲が良くないみたいだね。

　確かスヴェトラーナがウチに来たのはマーリンが六歳の時……当時、スヴェトラーナは五歳だったはずだ。

　数年間一緒に暮らしたあの時は、喧嘩《けんか》することも確かにあった。

　けれど、基本的には仲良しな姉妹みたいだったのに……。

　しかし、それはともかくマーリンよ、そんな子供みたいな挑発で本当に大丈夫なのか？

　恐らく、プライドを逆なでして煽《あお》る作戦なんだろうけど……。

　と、僕が心配していると、スヴェトラーナは「ぐぬぬ」とばかりに悔し気に唇を噛《か》みしめ、ヤケクソ気味にこう叫んだ。

「分かったわ。閲覧を認めてあげるわ！」

よし、やっぱりチョロかった！

いや、当時から四百年も経過しているのでかなり不安だったんだ。

けど、根っこのところの性格は子供の時から変わってなくて扱いやすいようだね。

ちなみに、オヤツの奪い合いからヌイグルミの奪い合いから、二人の争いごとの時はいつもこの手でマーリンがスヴェトラーナを掌《てのひら》でコロコロさせていたんだよね。

「ただしマーリンちゃん、条件があるわ」

「条件だと？」

「ここから南に二十キロくらいのところから異民族の勢力圏内なのは知っているわよね？　どこから手に入れたかは分からないけれど《冥界の宝珠《スカーレットオブハーデス》》を異民族が手にいれたらしくてね」

「冥界の宝珠《スカーレットオブハーデス》……？」

僕とマーリンは顔を見合わせた。

冥界の宝珠《スカーレットオブハーデス》と言えばサーシャの研究資料の冒頭に《ソロモンの鍵と代替可》と記載されていたアーティファクトだ。

「しかし、アレは四百年前でも超級危険指定の禁制品。千年以上前に精製法が失われたシロモノだぞ？　全世界でも片手で数える程度しか現存していないはず……どうしてそのようなものを異民族が……？」

「そんなことはお姉さんは知らないわ。けれど、財宝蒐集家《しゅうしゅうか》としてのお姉さんが掴《つか》んだ確かな筋の情報だから——九割以上の信頼度と思ってくれて結構よ」

まあ、結局は一連の事件は全てつながっているということだろうね。

炎神皇《クリフ》は魂の収集を目的としているフシもあるし、屍霊術の伝説のアーティファクトとくれば、キナ臭いものを感じざるを得ない。

「どうなされますかエフタル様？」

「どうするも何も……乗るしかないだろう」

まあ、魔法適性に関するアーティファクトであることは確定だ。

それに、数千の単位のアンデッドを作成・維持することすら理論上可能な、超危険物となっている。

無論、異民族なんかに持たせておく訳にはいかない。

回収しておけば適性治療に後々に役立つ可能性も高い訳だし、ここはやっぱり乗るしかないよね。

「異民族を叩《たた》き潰《つぶ》して宝珠を得る。貴女なら簡単でしょうマーリン？」

「しかし、貴様が自身で宝珠を取りにいけば良いだけの話ではないか」

「はは、力と知恵、生命の実と知恵の実を併せ持つ——エデンの完成品として生まれたこのお姉さん……いや、私が人間の異民族相手に力の行使ですって？」

　そうして高笑いと共に、冷たい瞳でスヴェトラーナはこう言い放った。

「――それはエレガントではないわ」

「しかし、貴様も本当に相変わらずな女だな。要は私の言うことを素直に聞くのが嫌だという話だろうに」

　痛いところを突かれたのか「ぐぬぬ……」とスヴェトラーナは言葉を詰まらせた。

「私は昔から貴女のことが気に食わないわ。直弟子というだけであの方にいつも頭を撫《な》でられて……」

「同じ言葉をそのまま返す。私とエフタル様の修行の時間にいつもついて回って邪魔しよってからに……」

　睨みあう二人、今すぐにでもここで戦闘が始まりそうな緊張感だ。

　っていうか、このままここにいたら色々と気づかれる可能性もある。

　三十六計逃げるにしかずって言うしね……。と、僕はマーリンの肩をポンと叩いた。

「それじゃあ向かいましょうかマーリン様！　異民族退治にっ！」

　と、まあそそくさと僕はその場から逃げ出そうとしたんだけど――

「ちょっとキミ？」

「は、はい何でしょうか？」

「キミはマーリンちゃんの弟子なのよね？」

「ま、まあ一応……」

思わず目が泳いでしまったとは思うけど、よしよし、スヴェトラーナは全く気づいている感じはないね。

「なら、キミのことはこれから後輩クンって呼んでも良い？」

「こ、後輩クン？　突然何を言い出すんです!?」

「ええ、お姉さんはこのマーリンとかいうオバさんは大嫌いなんだけど、優秀な魔術師は好きなのよ」

「私がオバさんなら貴様もオバさんだろうスヴェトラーナ！」

「あら、肌の張りが違うわよ」

そうしてマーリンはスヴェトラーナをマジマジと眺めてから、自分の手の甲を見て――

「クソがっ！」

と、言い放ち、壁をバンと殴りつけた。

いや、確かにスヴェトラーナの方が瑞々《みずみず》しい肌をしているけれど、これは化粧水とか肌ケアとかの問題じゃないかな。

マーリンも見た目に気を使ってはいるけれど、基本は武人で男勝りだしね。

マニキュアを塗りたくっているようなスヴェトラーナに、そのあたりのケアのマメさで勝っているとは到底思えない。

そこでマリアが言葉を挟んできた。

「いや、私から見たらスヴェトラーナ様も……」

マリアは思うところがあったらしく、「ここだ！　ここでなら勝てる！」的に不敵な笑みを浮かべている。

そうしてスヴェトラーナはマジマジとマリアを眺めてから、自分の手の甲を見て――

「クソがっ！」

と、そう言い放って壁をバンと殴りつけたのだった。

それで僕はクスっときちゃったんだけど……。

まあ、何だかんだでやっぱり昔と変わらない感じで姉妹みたいだね。

マーリンが姉で、スヴェトラーナが妹で……いつもマーリンの背中をスヴェトラーナが追いかけて真似《まね》をしてって感じだったな。

「で、何で後輩なんですかスヴェトラーナ様？」

「いやね、お姉さんも実は……エフタル学派の魔術師の端くれなのよ。あそこのオバさん……マーリンとは……初代雷神皇であるエフタル様の姉妹弟子にあたるわね」

「魔術師……？」

「ええ、四百年の間ずっと研鑽《けんさん》を続けているわ」

そこで僕の胸がジンと熱くなった。

元々、生まれながらの強者である彼女は魔法を扱う必要はない。

けれど彼女はいつも僕とマーリンの稽古についてきて……。

いつの間にか当たり前のように、マーリンと一緒にこの子にも魔術を教えていたんだっけ。

それで、龍帝のところに帰す時に、泣きながら彼女は……僕との絆《きずな》だと言ってたくさんの魔術書を持ち帰ったんだ。

——あれからも魔術を学び続けてくれていたんだ。

そんなことを思うと、不覚にも目頭が熱くなってしまった。

「人間は確かに弱者ばかりでつまらない生き物だと思うけれど、中には種族の壁を努力で越える……凄《すご》い人がいるのよ。だから新しく生まれた優秀な魔術師の存在はお姉さんは本当に嬉《うれ》しいのよ？」

遠い目をして何かを思い出しているようなスヴェトラーナ。

彼女はニコリと笑って小さく頷《うなず》いた。

「本気で魔術を学んでいる者はみんな同じ道を志す同胞《はらから》。だから、キミのことは後輩クンって呼ばせてもらうわね。人の身のままお姉さんの覇気に動じないレベルまで自らを叩き上げた貴方《あなた》の努力は……感嘆と尊敬に値するのだから」

「……」

「ところでキミ、どこかでお姉さんと会ったことがない？　さっき、お姉さん……貴方に抱き着いちゃったでしょ？」

背中に冷や汗が一筋。

やはりこの場からはすぐに退散した方が良いだろう。

と、先ほどと同じようにスヴェトラーナは僕の首に両手を回して、顔を胸に押し付けるようにして抱き着いてきた。

「ほら、やっぱり！　自然にこうしたいって気持ちが出た！　これはお姉さんが……いや、龍人族が心を許した相手にしかしないご挨拶なのよ？」

いや、龍人族にそんな風習あったっけ？

まあ、女性の龍はスヴェトラーナくらいしか知らないんだけどさ。

で、まあ僕としてはこういう風に返事をするしかない訳だ。

「いえ、僕は貴女《あなた》とお会いするのは初めてですよ」

今世ではね……と、僕は苦笑したのだった。

雷神、異民族を討伐する

馬車がガタゴトと揺れる。

今、僕たちは山中を旅している。

勿論《もちろん》、異民族の討伐のためだ。スヴェトラーナ曰《いわ》く、近々この近辺の国境警備隊の詰めている砦《とりで》が異民族に襲撃されるらしい。

そこで冥界の宝珠《スカーレットオブハーデス》が手に入る可能性が高いという話だね。

「しかし異民族……か」

以前に勃発したクーデターの際、今世での僕の父……前オルコット公爵が南方の異民族を王都に引き込んでいたのも記憶に新しい。

それで、ちょっと話はそれるけど、異民族が何故《なぜ》に略奪なんかの荒事で生計を立てているかというのにも、ちゃんとした理由があるんだ。

と、いうのも彼らの勢力圏にある土地は荒れた土地が多い。

厳密にいうとどの国家にも属していないんだよね。いや、正確に言えばどこの国からも見捨てられた土地という方がニュアンスが近い。

元々の異民族の起こりは、国にいられなくなった罪人や賞金首が無国家の土地に集まり、徒党を組んで山賊業を始めたことだと言われている訳だ。

サーシャが生まれる前の話だから千二百年以上の歴史があるってことで、ハタ迷惑な話なんだけど……。

そして、僕たちは砦に向かって、その異民族の勢力圏内を突っ走っているというのが現況となる。

普通なら命知らずな行動だ。

だけど、これはちゃんとした理由があってやってるんだよね。

と、それはさておき、僕は馬車の後方の荷台でマーリンと向かい合って座っている訳だ。

「スヴェトラーナは魔術を学び続けているという話だけど、その実力はどれくらいのものなんだい？」

「まあ……私よりは上ですね」

「マーリンよりも高度な魔術を習得しているということ？」

龍人族が魔法を使うイメージがないので、にわかには信じられない話だねこれは。

と、マーリンは慌てた様子でこう言いなおした。

「純粋な魔法技量では私のほうが上です。奴《やつ》とは修練にかけた時間が違いますしね、しかし――奴は龍帝の血族です」

「……ふむ？」

「龍人族が努力をして高度な魔術を修めたというだけで、驚天動地ですよ。幸運の神も龍人の戯れに興味を示したのか……それがツボにハマったようでして……」

「と、いうと？」

「本気を出す場合、龍人族は龍化しますが、奴に関しては人の姿のままです。龍特有の無限の魔力を背景にレベル8の怒涛《どとう》の魔法連打。防御魔法は捨てて身の守りは自前の龍闘気で補います。ただし、純粋なドラゴンとしての力は一族の中で最弱のようですが……」

「ねえマーリン？　それって……ほとんど無敵なんじゃない？」

「ええ、絶対防御の固定砲台です。攻撃一辺倒のレベル8の魔法の連打ですからね」

ゾクリと背中に嫌な汗が走る。

しばし色々と考えてみたけど……少なくとも初見で攻略法が思い浮かぶようなモノではなさそうな気がする。

いや、熟考してもかなり怪しいな。

こちらは防御にも術式組み立て速度のリソースを割かなきゃいけないのに、向こうは攻撃極振りな上に絶対に近い防御を別立てで構築してくるわけだ。

正に、絶対防御の固定砲台という言葉がふさわしく、ちょっと攻略法が思い浮かばない。

「龍人族の中でも最高峰の戦力でしょうね。今では龍魔皇と呼ぶ者すらいます……というか、サーシャ様がそう呼んでいます」

「……サーシャが皇の称号を授けただって？」

ゴクリと僕は息を呑《の》んだ。

なにしろ、僕達四皇と同格と、あのサーシャが認めたということだ。

弟子というのとはかなり違うけれど、スヴェトラーナの成長は素直に嬉しいし、いつか手合わせを願いたいものだよね。

新たな強者の話のワクワクに胸が高鳴って……やはり、僕はいつまでたっても最強を夢見る子供のままなんだなと……苦笑する。

と、そこで御者台で馬を操っている残り三人の声が聞こえてきた。

三人揃《そろ》えば姦《かしま》しいとの言葉通り、馬車前方から黄色い声でのガールズトークが聞こえてくる訳なんだけど……。

「……私は男は兄さんとエフタルしか知らないので、男の趣味と言われても良くわからない。強いて言うなら家族以外で一番私が好意を抱いているのはエフタル。ならば、好みのタイプと問われれば私はエフタルのようなオラオラ系の無茶苦茶《むちゃくちゃ》な人が好み……としか回答のしようがない。恋愛のことはよくわからないが」

「アンタ、オラオラ系って……絶対……幸せになれないわよ、その男の趣味」

「それ、マリアさんが言っちゃうんですっ⁉」

「ちょっとアナスタシア！　後ろに聞こえるから！」

　いや、バッチリ聞こえてるんだけどね。

　っていうか、シェリルみたいな子供と恋愛トークとかあの二人は何を考えているんだろうか……。

「しかし、アレも本当に中々な性格してるわよね」

「まあ、ご主人様はかなり無茶苦茶だとは思うんです」

「敵には容赦ないし、これでもかってくらいイキってる感じだし……前世が五十歳だとか六十歳だとかとは到底思えないわ」

「五十どころか二十歳超えててもキツいもんがあると思うんです。カッコつけな感も凄いですし」

「なんていうか、私は雷神皇様っていったら……もっと老成した感じの方だと思ってたんだけどね」

「うーん。まあ、未《いま》だに地上最強とか目指しているみたいなので、精神年齢が若々しいのは悪くはないと思うんです」

「でも、何でもかんでも力ずくって感じは実際問題としてどうかと思うわ」

「けれど、そんなご主人様がマリアさんは好きなんですよね？」

「そ、そりゃあそうなんだけどさ。でも、将来的に家庭を築くとか考えると、色々と不安に感じちゃうじゃん？　アイツは無敵だから良いけどさ。敵ばっかり作ったら、私とか子供とかどうすんのよって……」

「あー……それはちょっと私も思うんです」

「私も思う？　どういうこと？」

「えーっとですね、私はご主人様とずっと一緒にいたいということなので、当然ながら子供を産むということも想定の範囲内なんです」

「最早《もはや》、アンタもエフタルに対する好意を隠す気ないみたいね……」

「い、い、いや！　か、仮定、仮定の話なんです！　ご主人様が奴隷として私を夜の相手に求めれば、ということですからね。私個人としてはご主人様に恋愛感情を抱くなんて恐れ多くて……」

「……アンタ……あくまでも認めないつもりね」

「はて、なんのことだか？」

「それに夜の相手とか簡単に言ってるけど、それってどういうことかちゃんと分かってるの？」

「まあ、昔に色々ありましたからね」

「色々っつーと？」

「裏稼業の道を歩んでいる時に一通り訓練は受けていまして、娼館《しょうかん》で研修させてもらったこともあるんです」

「え!?　マジでっ!?」

「とは言っても姉《あね》さんに付いていただけですけどね。練習も張形とかで……それも習ったのは手技とかだけでしたし、勿論、お客さんも取ったことはないんです。まあ、そういう訳でプロに手ほどきを受けているので自信はありますよ」

「本当に……アンタって意外性の女ね」

「ふふ、良く言われるんです」

「ともかく、あんまりエフタルに無茶苦茶やられると……私としてもちょっと困るんだよね」

「でも、そんなところが好きなんですよね？」

「いや、まあ……そりゃあそうなんだけどさ」

と、そこまで聞いていて僕はため息をついた。その……何ていうかさ。

――俺ってそんなにボロカス言われるくらい酷《ひど》いんだろうか。

確かに、ちょっとだけ自覚はあるけどさ。

前世を含めるとお爺《じい》ちゃんという年齢なのに、いや、前々世も含めれば大長老とかそんな感じの年齢か。

ともかく、年の割には暴れすぎな感は確かに否めない……あ、ため息が出てしまったぞ。

と、流石の雷神皇《カミナリサマ》も少しだけ凹《へこ》んでしまったようだね。

で、マーリンはと言えば、物凄《ものすご》い勢いで唇を噛《か》みしめて笑いを堪《こら》えている感じだ。

「天下の雷神皇も……小娘共にかかれば形無しですね」

「まあ、自覚があるだけにね。でも怒りが沸点に達すると昔からどうしようもないんだよね」

「――でも、私は今も昔も好きですよ。エフタル様のそういうところ」

「と、いうと？」

「怒るときはとことんまでに怒る。気に食わないことは力ずくでぶっ飛ばす。エフタル様の場合は動機が正義感なので、私は好きですよ。それに、何故に普通の人がそれをしないのか……ということですが」

「何故に他の人がしないか……？」

「力がないからです。サーシャ様風に言えば、意思を貫き他者を納得させ、強制するだけの力が……ね。しかし、エフタル様は誰よりも努力してその力を、比類なき力という特権を得た。ならば――」

　そうしてマーリンは誇らしげに胸を張ってこう言った。

「私の師は存分に磨き上げた力を、今まで通りに己《おの》が信念と道徳観に基づいて振るえば良いと思います。それこそが私が憧れ敬愛するエフタル様なのですから」

「……マーリンに言われると本当にそんな気がしてくるから不思議なものだね」

　そこで何かに気づいた様子のマーリンは立ち上がろうとして、馬車前方に視線を移し、首を左右に振って——そのまま座り直した。

　何故マーリンが立ち上がろうとしたかは分かる。
けれど、何故に座り直したのかは分からない。
で、仕方ないのでマーリンの代わりに僕が立ち上がろうとしたところで、声をかけられた。

「既に三人が迎撃に出ておりますので大丈夫ですよ」

「そんなことは分かっている。でも、アナスタシアたちは学生だよ？　そこそこ優秀であることは認めるけどあの子たちだけの実戦はまだ早い」

「エフタル様？　少し、心配性が過ぎるのではないでしょうか？」

「心配性？　異民族……殺気を放つ強盗集団に囲まれているのに？」

「ええ、心配性かと思われます。エフタル様の場合は基準が色々とおかしいので仕方がないかとも思うのですが……」

そこで外から異民族たちの声が聞こえてきた。

「上玉の女だ！」

「ああ、ガキばかりだが高く売れそうだぜ！」

「兄貴！　こいつら武装……歯向かう気ですぜ！」

「値は下がるが抵抗するなら腕の一本や二本叩き切っても構わん！　ただし、殺すなよ！」

頭がクラクラするような内容の怒声が周囲から飛んでくる。

そうして、こんな輩《やから》を相手にマリアが黙っていられるはずもない訳で――。

「ちょっとアンタ等《ら》？　誰が誰を売るって？」

「ほう、こいつは気の強そうなエルフのガキだな」

「で、誰が誰を売るって？　冗談は顔だけにしといてもらいたいんだけど」

「はは、まあ……お前ら全員出荷する前に味見されるのはもうわかってるとは思うが……お前は念入りにマワしてやるよ」

「ああ、どうにも悪いのは顔だけじゃなくて頭もみたいね。オマケに品性も下劣って、本当に救いようがないクズね。不快だわ」

「おい、お前ら。このガキは売り物にするのはやめだ。手足を叩き切ってアジトの洞窟に連れて帰るぞ」

「どうするんですか兄貴？」

「玩具《おもちゃ》として扱う。へへ、このガキの精神が手足を切り取られたままに嬲《なぶ》り尽くされて、いつまで正気を保てるか見ものだな」

「前の女は三日と持たなかったですからね」

「よっし、賭けるか？　芯が強そうだから一週間は持つとみた。前の女を基準として……三日以内か四日以上かを基準にしようか。俺は四日以上に銀貨十枚だ！」

「あっしは前と同じで三日以内で壊れるに銀貨二十枚！」

本当に頭も品も悪い連中のようだ。このままではマリア達が……と、僕はたまらず立ち上がり、馬車から駆け下りた。

そうして馬車から出ると同時に――

「ギャアアアっ！」

「グヒっ！」

アナスタシアの投げナイフが、次々に異民族たちの頭に突き刺さっていく。

これは模擬ではなく、本物の刃物だ。無論、頭に奇怪なオブジェのようにナイフを生やして倒れている男たちに息はない。

「ギャヒっ！」

「ヌアアアアっ！」

続けて、悲鳴と共にマリアの矢がやはり男たちに突き刺さっていく。

アナスタシアもマリアも全てが頭部への一撃――ヘッドショットの一動作で一殺というところか。

そして続けざまシェリルが小さく口を開いた。

「……レベル5：風魔刃《エビルカッター》」

発生したカマイタチによって十人の異民族が瞬く間に肉片と化していく。

「レ、レベル5だとっ⁉」

「ひ、ひ、ひぃいいっ！」

「化け物だ！」

そしてアナスタシアとマリアは、怯《おび》えの色が見えた異民族たちにレベル4の魔法を繰り出した。

二人とも火属性の魔法を使ったようで、爆発音とともに異民族が吹き飛んでいく。

「な、何だよこのガキ共、何なんだよーっ！」

そうして、残る異民族たちは脱兎《だっと》の如《ごと》く逃げ出して、僕はその場で呆然《ぼうぜん》と立ち尽くすことになったのだ。

「エフタル様？」

「何だいマーリン？」

「先ほどのお言葉……三人はそこそこ優秀な学生ということですが、それは四百年前の基準でそこそこ優秀な学生ということです」

「……」

「私の学院はアレでも……今の世界では本当に優秀な者が集結している場所なのですよ？　つまり、今の時代の基準であればあの三人は既に十分に強い訳です。冒険者ギルドでいえばB～Aランクといったところでしょうか」

と、その言葉で僕はため息をついた。

いや、今までの色んなことを考えれば……まあ分かるし、実際にそうなんだろう。

けれど、あの三人で冒険者ランクB～Aって……。

やはりこの時代は色んな意味で弱体化しすぎだろう……。

でも、そろそろこの時代での常識にも適応しなければいけないんだろうね。

「ま、そういうことよエフタル？　私たちのことを雑魚扱いするのはもうやめた方が良いんじゃない？」

それを聞いて僕は掌《てのひら》を頭上に向けて高々と掲げて――

「レベル7：神速の射手《サジタリウス》」

僕の放った十本の光の矢は上空二百メートルほどのところに飛んでいき、ガーゴイルと共に魔物使いを射抜いた。

まあ、異民族の魔物使いなんだろうけど、上空から矢で狙っていたのはマリアは気づかなかったようだね。

「だから、危険だと言っているんだ」

「……ぐう」

ぐうの音も出ないという言葉は知っている。

けど、ぐうと言った子は初めてだったので、思わず笑ってしまった。

まあ、ともかく、アナスタシア達には実戦経験が足りていない。

訓練だけでは分からないことは絶対にあるので、ここで異民族相手に経験を積んでもらうという趣旨もあるんだよね。

いつまでも保護付きって訳にもいかないけれど、少なくとも経験は積ませないといけないしね。

「さあ、それじゃあ砦《とりで》へと向かおうか」

☆★☆★☆★

それから数日後。

僕たちは山中の茶屋のテラス席で昼食をとっていた。

「久しぶりにまともな食事にありつけそうね、エフタル」

「私も干し肉と固いパンは飽き飽きだったんです」

「……私は何でも良い」

まあ、シェリルは馬鹿舌だからね。

と、そんなこんなで本当に久しぶりのまともな食事だ。

ちなみにここに辿り着くまでは、出るわ出るわの異民族の群れの状態だったんだよね。

まあ、周囲への警戒という概念の大切さを履修した、アナスタシア達だけでその全てを、完膚なきまでに返り討ちにしたんだけどさ。

実戦経験を積むには丁度良い感じではあったんだけど、僕としてはこの時代の異民族……というか、山賊の弱体化には本当に肩透かしを食ってしまった。

こうなってくると国軍の魔法以外の通常戦力の弱体化も激しいんだろうなと、ため息がでてくる。

まあ、そもそもからして魔法職以外の職業軍人も身体能力強化という《魔法の力》を使う。

だから、よくよく考えてみれば魔法が衰退している以上、それは当たり前のことなのかもしれない。

この時代で知っている剣士と言えば……フレイザー兄さんやセシリア姉さん、あるいは士官学校のモーリア校長くらいかな。

あの人たちが実は異常に強い部類だったせいで、そこと比べてアナスタシアやマリアの近接戦闘なんかも評価していたので……。

まあ、そのあたりの感覚もやはりおかしくなっていたようだ。

と、それはさておき僕たちのテーブルに食事が運ばれてきた。

「やったー！　干していないお肉なんです！」

キラキラとした瞳のアナスタシアが、ジンジャーポークにフォークを突き刺してパクリと一口。

「美味《おい》しいです！」

どれどれとばかりに僕も一口食べてみる。

旨味の詰まった脂が舌に広がり、甘辛い味付けが実に良く合う。

ジンジャーポークって名前だけあって、日本の豚の生姜《しょうが》焼きに通じるものがあるね。

一緒に炒《いた》めているタマネギとブロッコリーも……豚の脂が回り、香ばしくて美味しい。

ちなみにパンと一緒に食べているんだけど、まあ……お米があったらな、と思うのは根っこのところが日本人である僕のサガなんだろう。

「マリアは食べないの？」

「いや……ちょっと肉はね。食べられないことはないけど、メインとしてドカーンって出されちゃうと……見てるだけで胃もたれが……」

まあ、この辺りは基本は菜食主義のエルフ特有の感覚なんだろうね。

「すいませーん、別注文で茹《ゆ》で豆がたっぷりのサラダを頂けますかー？」

僕が店の奥の女将《おかみ》さんに頼むと、マリアの表情がパアっと明るいものになった。

「でも、サラダはありがたいし、勿論《もちろん》食べるんだけどさエフタル……私、お肉も頑張って食べてみようと思う。だってアンタはサラダよりも肉が好きなんでしょ？」

「まあ、そりゃあね」

「アンタと……同じものを好きでいたいって、好きになれるようになって、そういう風に頑張ろう……とかね。今、そんなことを思ったの」

真顔でそんなことを言われてしまった。

僕が反応に困っていると、その時後ろの席から大声が聞こえてきた。

「異民族の魔物使いが操るミノタウロスが倒された？　バカなこと言っちゃいけねえ。危険度Sランクだぜ？　ここ最近で異民族討伐部隊が組まれたって話もないしな」

「いや、確かにこの目で見たんだよ。ミノタウロスと異民族の死体を」

「じゃあお前さんは異民族蔓延《はびこ》るヘルロードを通ってきたと？」

「ああ、大貴族様のワガママでな。一世一代の届け物ってなもんで、冒険者達を護衛に雇ったんだが、待てど暮らせど襲撃は一度もなく……肩透かしってなもんだぜ」

「そいつはおかしいな。半年前に異民族が活発化して、今は奪還したが近くの砦が一度落とされたレベルだぜ？　国境警備隊が大増員されても大変な状況って話だし……本当にお前らヘルロードを通ってきたのか？」

「ともかく、俺は見たんだよ。ミノタウロスの死体をさ」

「ミノタウロスといえば討伐に騎士団が出るような大物だ。何かと見間違えたんだろうさ」

「いや、だから、確かにあれはミノタウロスだった」

「でも、国の討伐隊や冒険者ギルドが動いてるって話は聞かねえしなあ……」

「じゃあなんだ？　お前は俺が嘘《うそ》をついてるってえのか？」

「まあそう不機嫌になるなよ。俺はありえないことをありえないって言ってるだけだ。それじゃあお前さんはこんな場所にAランク冒険者が複数いるとでもいうのか？　ヘルロードは道も狭いし大規模運搬には適さねえ。個人の商人が護衛で雇うにして、それは大げさすぎんだろうよ」

「そこが解せねえんだよな……一体誰がミノタウロスの討伐を……」

あ、それ僕たちです。

流石《さすが》に異民族がミノタウロスを連れてたのは驚いたけどね。

アナスタシアたちだけでは対処できなかったので、マーリンが出たけどそこから先は瞬殺って感じだったね。

「この方の言っていることは事実ですよ」

と、聞き覚えのある声に、僕はそれとなく後ろの席にチラリと視線を送ったんだけど

——

「お前は？」

「Cランク上位。狂炎のエドワーズといえば私のことです」

って、お前かーいっ！

そういえばこの人と以前に会ったのも茶屋だったね。

あの時は確か、アナスタシアを奴隷として連れていたんだっけ。

しかし、前はAランクを名乗っていたはずなのに……どうしてCランク上位なんていう微妙なランクを名乗っているんだろうか……？

まあ、とりあえず僕は気づかれないように、あちらに顔は向けないでおこう。

エドワーズとは色々とあったし、面倒だしね。

「ん？　狂炎のエドワーズといえばAランクじゃなかったか？　どういうことだ？」

僕と同じ疑問を抱いたようでさっきから「ミノタウロスの死体はありえない」と言っていた男がエドワーズに問いかけた。

「……少し前に私はやらかしましてね。数か月の間投獄されていまして、釈放された際に

Ａランクの肩書きはギルドに返上しました」

あ、ちゃんと自首はしたんだね。

しかし、殺人未遂的な感じだったので数か月で牢屋《ろうや》から出てこれるとは思えないんだけど……？

「やらかした？　お前さんは何をやったんだ？」

「罪状については今となっては恥も良いところ……勘弁してもらえませんか？　まあ、本来であれば数年の刑期のところ、実家の力で何とか……ね。被害者に多額の金銭を渡して、司法の上層部にもかけあって……まあ、迷惑をかけたようです」

「ほう、司法に手を回せるってことは……お前さんは大貴族の子か何かなのか？」

「ええ、それなりの家ですとだけお答えしておきましょうか。三男坊ということもあって好きにさせてもらっていますよ。実家からは貴族の息子が冒険者などと……と、放蕩《ほうとう》息子として呆れられていますが」

「お貴族様ってんなら……敬語使ったほうが良いか？」

「いいえ、構いませんよ。年長者は敬えと……とある少年が私に教えてくれたので」

「とある少年？　まあ良い、それでどうしてＡランクの称号を返上したんだ？」

「実力不足。それに尽きます。レベル４最上位魔法を扱えるというだけで私は元々Ｂランク程度の力しかなかった。そこに見栄《みえ》を張って……貴族の威光と賄賂ですよ。実のところ、

Aランクの称号はコネを使って金で買ったようなものだったのです」

「ふむ、話が読めねえな」

「分不相応の地位は身を亡《ほろ》ぼすだけだと気づいたのですよ。なので……気持ちを新たに出直している最中となります」

まあ、改心したってことなのかな？

そうであれば僕としても嬉《うれ》しいかな。あの時のエドワーズは本当に無茶苦茶《むちゃくちゃ》な奴だったしね。

「ともかく、保証します。あれは確かにミノタウロスの死体でした。戦闘の形跡から見て……それも数人の仕業ですね」

「数人で……か。そりゃあすげえな」

そうして、しばし考えて男は心底不思議そうに呟《つぶや》いた。

「しかし、本当に一体……誰がそんなとんでもないことを？」

と、その時——遠方から甲冑《かっちゅう》を身にまとった一団がこちらにやってくるのが見えた。

人数は十人程度で全員が馬に騎乗しているね。

茶屋の近くで止まり、ガチャガチャと音を立てながら馬から降りてきた。

そのまま彼らは全員が僕たちの後ろの席に一直線に向かっていく。

「冒険者のように見えるが、国境警備の砦まで同行してもらいたい」

　言葉を受けてエドワーズが甲冑の男に尋ねる。

「砦まで？　我々Cランク冒険者の四名はギルドからの護衛依頼の最中でしてね」

「異民族の動きが活発化していてな。先日も砦が夜襲を受けたばかりで上がピリピリしているのだ」

「話が見えません……が？」

「どこに異民族の間者がいるか分からんと、警備隊長が神経質になっている。武装をしている者は全て取り調べを行えということだ」

「私たちには護衛依頼があるのですがね？　雇用主はどうするのです？　砦が近いとはいえここは異民族の勢力圏ギリギリの地域ですよ？」

「金を俺に払えば個人的な権限で……取り調べが終わるまで雇い主は砦に泊めてやらんこともない。まあ……俺がどうにかできるのは馬小屋の空きスペース程度だがな」

　ガハハと甲冑の男は笑い、エドワーズの雇い主である商人は悲鳴に近い声をあげる。

「そりゃあ横暴ですぜ旦那っ！」

「ともかく、これは上意って奴だ。今は異民族による非常事態って奴でな。この国にいる以上はお前たちは我々に従ってもらう」

　と、まあそんなこんなで商人は茶屋の主人と話をつけたらしい。

　どうにも二階の空き部屋に逗留《とうりゅう》することになったようで、エドワーズ達は砦《とりで》に向かうことになった。

それでエドワーズたちは甲冑の集団の内の八人に引き連れていかれた訳だけど、残った二人が僕たちにも話しかけてきた。

「話は聞いての通りだ。武装している者に例外はない。お前たちも砦まで来てもらう」

まあ、そうなるよね……。

と、僕は肩をすくめ、マーリンがこちらに耳打ちで尋ねてきた。

「どうしますかエフタル様？」

「ここは大人しく従っておこう。冥界の宝珠《スカーレットオブハーデス》を持つ異民族が砦を襲撃するって話をスヴェトラーナが摑《つか》んでいたし、むしろ好都合だ。僕とマーリンで砦の被害は最小限に抑えられるだろうしね」

「しかし、間者の疑いの取り調べということですと……そちらの方は面倒かと思われますが？」

「まあ、この国に僕の家系は根ざしている訳だし……そこは正々堂々といこう。何なら公爵家の名前を出しても良いし、話せば分かるだろうさ」

その言葉でマーリンは頷き、甲冑の男はニヤリと笑った。

「話もついたようだし、同行してもらおう」

☆★☆★☆★

砦の取調室。

刑事ドラマの取調室を異世界版の石畳にした感じ……と言えば、大体のニュアンスが伝わると思う。

で、見た目三十代後半の警備隊長が直々に僕たちの取り調べを行ったんだけど――

「この家紋は確かに雷神皇のものです。まさか本当にオルコット公爵家のご子息様とは……これは失礼しました」

との言葉とともに、清潔な布に包まれた短刀が僕の手に手渡された。

これはセシリア姉さんが僕への手向けとして贈ってくれた守り刀だった。

だけど、まさかこんなところで役に立つとはね。

うん、ともかく、やっぱり話せば分かってくれたようだ。

「部下から公爵家を名乗る者がいると聞き、まさかとは思いましたが……念のために私が出向いて本当に良かった。平民の部下ではオルコット公爵家の家紋を知らぬ者も多いですので」

長机を挟んで向こうにオルグレン警備隊長、こちらは僕達五人となる。

どうやら僕の嫌疑は晴れたようなんだけど、他の四人については……どうなんだろうか。

「僕の連れについてはどうなりますか？」

そうして警備隊長は「滅相もございません」とばかりに首をブンブンと左右に振った。

「公爵家のご子息様のお連れの方にこれ以上……無駄な時間を取らせる訳にはいきません。無論、取り調べなどできませんよ」

いや、本当にありがとうセシリア姉さん。

公爵家の威光がここまでテキメンだとは思わなかったな。

まあ、国でも三指に入るような名門の家系ということにはなっているはずだから……当たり前といえば当たり前か。

「しかし、本当に申し訳ありませんでした！　部下の不手際とはいえこれは私の責任です。何卒《なにとぞ》……何卒……寛大なるお気持ちでご容赦をっ！」

オルグレン警備隊長は泣きそうな表情で頭を下げている。

今にも机にゴンゴンとヘッドバットでもしそうな勢いだ。

うーん、でも、ちょっとこれは気の使いすぎというか……気の毒かな。

「僕なんかにそこまで気を使わなくていいですよ」

「いえ、気を使います！」

「前公爵の息子であることは事実ですし、現公爵の弟であることも事実です。けれどまあ……純粋な貴族ではありませんから」

「ふむ？　純粋な貴族ではないとおっしゃいますと？」

「ええ、現公爵とは腹違いの弟になりますね」

「ふーむ……腹違い？　差し支えなければ詳細を……お願いしたいのですが？」

「僕は平民の母と前公爵の間にできた子供で……まあ、気楽な立場ですよ」

その言葉と共に、オルグレン警備隊長は下げていた頭を瞬時に上げて、こちらを睨みつけてきた。

「ああ、君は平民の子――庶子か」

突然、パンと掌《てのひら》を叩《たた》いて後方で控えていた兵士たちにこう呼びかけた。

「おい、お前たち。この子供は丁重に扱う必要はないぞ」

そうして、何かに気づいたようにコホンと咳《せき》ばらいを一つ。

「少し語弊がある言い方だったかもな。ある程度は気を使ってやれ、ただし、必要最低限で良い」

そのまま肩をすくめて、オルグレン警備隊長はため息をついた。

「しかし、どうにも最近の若者は貴族制度を分かっておらん。ともかく君の取り調べは続行だ」

「いや、先ほど貴方《あなた》は……」

「厳密にいうと私と違って君は貴族ではない。準貴族で……平民より少しマシ程度の扱いだ。それも一代限り——しかし君、不敬だとは思わないか？」

「不敬とおっしゃいますと？」

「私はこう見えてもオルグレン男爵家の当主だ。純然たる貴族である私が頭を下げる姿を見て何故《なぜ》にすぐに止めないのだ？　これを不敬と言わずして何という？」

　いや、物凄《ものすご》い勢いで勝手に頭を下げていたのはそっちなんだけど……と、僕は苦笑いする。

「ともかく、君を貴族としては扱えない。オルコット公爵家での……君への扱いと同じようにね」

　と、そこでオルグレン警備隊長は椅子の背もたれにもたれかかり、ゆるやかな動作で足を組んだ。

　っていうか、完全に舐《な》められてるね。

　まあ、それはさておき先代のオルコット公爵には、僕はそういう扱いを受けていたのは事実だ。

　それに純血主義者という言葉があるとおり、貴族の大多数は庶子という存在を蔑視する傾向がある。

　で、まあ間違いなくこの男もご多分に漏れずということなんだろうけど——

「僕の扱いについては現当主……フレイザー兄さん、あるいは宮廷勤めのセシリア姉さんに聞いてもらったほうが良いと思います」

「ほう？　どういうことだ？」

「ちゃんと家族として認識されているはず……ですので」

　僕の言葉でこれは面白いとばかりに警備隊長は笑い始めた。

「はは、ははははっ！　何を馬鹿なことをっ！　平民との子供を家の一員として認められる訳もないっ！　異母兄弟とは……庶子は面通りすらままならんのは常識だ。嘘《うそ》はいかんよ、嘘はっ！」

　下卑た笑みを浮かべながら、警備隊長は視線をマーリンとアナスタシアに移した。

「それにこの女たち……魔族か？　我が国を歩くには許可が必要なのを知っているだろうな？」

　終始黙って話を聞いていたマーリンのコメカミには青筋がいくつも浮かんでいる。

　ああ、これは不味《まず》いな……と、思ったけれど、マーリンとアナスタシアは素直に許可証を机に差し置いた。

「ほう、お前の名前はマーリンか」

「……いかにも」

「しかし、大層な名前だな」

「大層な名前とは？」

「魔族の英雄にそのような名の者がいるのだよ。我が国のオルコット公爵家の開祖——雷神皇の直弟子でな。ああ、そういえばオルコットの血族に一度聞いてみたかったんだ、君はどう思う？　自分の祖先……雷神皇について」

　っていうかまあ、僕自身のことだから答えにくいんだけどね。

「オルコット公爵家の先代は中々に嫌味《いやみ》な奴《やつ》だったよ。劣皇の子孫風情だというのに、宮廷内を肩で風を切るように偉そうに歩きまわっていてね」

「劣皇……と、おっしゃいますと？」

「そうだ。雷神皇とは四皇最弱という話だろうに？　他の三皇とは次元が違う数合わせのくせして……何故か四皇で同格扱いだからね。全く困ったものだよ」

　あ、こりゃダメだ。

　マーリンがプルプルと震え、顔中の血管が浮き上がり半ば白目を剥《む》いてしまっている。

　今までマーリンが黙っていたのは……今の時代のオルコット公爵家の話だったからギリギリ持ちこたえていたっぽいんだけど……。

　前世の僕にまで話がいった瞬間に、完全に怒りのメーターが振り切れたようだ。

と、爆発寸前の一触即発の状況で、マリアが耳打ちしてきた。

「エフタル？　好きに言わせといていいの？　流石《さすが》にこれはちょっと……」

見ると、マーリンだけじゃなくてアナスタシアとシェリルも眉間に皺《しわ》を寄せている。

まあ、全員がブチ切れ寸前になっている状況だね。

ちなみに、さすがに僕もここまでボロカスに言われるのは不愉快だ。現状、ただ悪口言われてるだけだし。

でも、この場で雷神皇は僕ですとか言い出すのもおかしな話で、実力行使するにしても面倒なことになるのは間違いないし、弱い者イジメになるだけだ。

「みんな、怒りや暴力は良くない」

と、僕は小さくため息をついたのだった。

「ともかく君にはしばらくこの砦に逗留してもらう。確認しておくが、君は準貴族扱いなのだろう？」

「ええ、制度上はそうなっていますね」

「平民の冒険者ならば緊急事態の強制招集なのだが、君の場合は国軍からの依頼という形になる。国家を支える準貴族として……まさか断るとは言うまいね？」

「話が読めませんが？」

「武装した者を集めているのは理由があってね、実は異民族どもは中々に手ごわい。先日も手酷《てひど》くやられ……王都に応援要請を送っても、似たような異民族の事例が後を絶たず、ここに戦力をよこす余力がない訳だ」

「まさか……だから間者の取り調べという名目で……？」

と、僕が尋ねるとニヤリと笑ってオルグレン警備隊長は大きく頷《うなず》いた。

「ああ、お国を守るために戦闘要員を招集しているということなのだよ。緊急事態では……指揮官の判断で人間も含めた現地徴用が認められている訳だしね」

「しかし、話が違いますよ？　取り調べの話では……身元確認が取れれば即時解放という話では？」

「砦《とりで》に連れていく際に命を賭けろと……馬鹿正直に真実を告げるほうも、その言葉に従うほうも馬鹿がやることとは思わんかね？　まあ、楽な道を採用したということだ」

まあ、少なくとも僕に関して言えば、誠意を尽くしてお願いされればやぶさかではなかったけどね。

そもそもがこの国の四百年前の王には良くしてもらったし、だからこそオルコット家はこの場所に根差したんだしさ。

「連れてこられた冒険者たちが拒否するといえば？」

「敵前逃亡は投獄と相場が決まっている。平民に拒否権など皆無だ」

警備隊長は平民という言葉を強調した。

「ああ、平民の子とは言え君には拒否権があるよ。どういう訳か知らないがこの国では公爵級以上の大貴族の庶子は準貴族待遇なのでな。良い親を持って良かったな、エフタル君」

　そうして、クスリと笑って言葉を続けた。

「まあ、準貴族とはいえ、曲がりなりにも貴族風を吹かせるのであれば……まずは国を守るという貴族の責務を果たしてもらいたいものだがね」

　いや、別に僕は貴族風なんか吹かせてないけどね。

「……」

「何故黙っている？　まさか、嫌とは言わんよな？　こちらも一月《ひとつき》や二月《ふたつき》も逗留《とうりゅう》しろとは言わん。予想される敵襲は明後日の新月で、たったそれだけの期間ここにいれば国への責務も果たせるのだよ？」

「……仕方ありませんね、分かりましたよ」

「うむ、素直でよろしい。まあ、私が君と同じ立場であればもっともっと早く首を縦に振ったがね。これだから平民の血が混じった半端物は……戦場では貴族の誇りを見せてくれると期待しているよ」

　オルグレン警備隊長は立ち上がり、出入り口のドアへと歩き始めた。

　そして、ドアノブに手をかけたところで、思い出したかのようにこう呟《つぶや》いたのだ。

「女子供ではなく、巷《ちまた》を騒がせているミノタウロスを討伐した凄腕の冒険者……連中が網に引っかかると思ったのだがね。クソっ、役立たずを連れてきても意味がないというのに」

まあ、独り言の体にしているみたいだけど、今のはワザと聞こえるように言ったっぽいね。

純血主義者ってのは本当にタチが悪い……いや、違うか。この場合は純粋にこの人の性格が悪いだけなんだろうね。

そうして、ギイと言うドアを開く音と共にオルグレン警備隊長は去っていったのだった。

鬼神、砦に降臨する

　砦で二泊を過ごした朝。

　と、まあそんなこんなで——僕たちは情勢視察がてらに砦の中を歩いていた訳だ。

　砦は壁に囲まれた要塞という感じで、今、僕たちは壁の上の通路を歩いている。

　通路は壁上ということで、攻められた場合は最前線になる。

　当然、この通路にも上から矢や岩を落とすのに便利な工夫も見受けられるし、その点については可もなく不可もなくといったところかな。

「しかしエフタル様？　良くあの場で我慢されましたね」

「ああいうのは放っておけばいいさ、誰かに危害を加えた訳じゃないしね」

　僕自身、敵を作りやすい性格ではあるけれど、まあ四六時中無茶苦茶《むちゃくちゃ》やっててもただのおかしい人だしね。

「それに丁度良いじゃないか」

「丁度良い？」

「ここにいれば冥界の宝珠《スカーレットオブハーデス》を持った異民族が現れるんだろう？　むしろ砦内に入り込む手間が省けたと喜んだ方が良いくらいだ」

「まあ、それはそうなのですが……ところでどう思いますかエフタル様？」

マーリンは、先ほど自身が憮然《ぶぜん》とした顔で眺めていた見取り図を僕に差し出してきた。

あ、ちなみに僕は本当に最低限の準貴族として扱われているようだ。

だからこそ、対異民族の陣営配置予定見取り図を事前に貰《もら》っていたってことだね。

「民兵の扱いが酷い。その一言に尽きるね」

壁内では既に木製の柵がいくつか張り巡らされていて、これは門を抜かれる前提となっている布陣だ。

で、壁上や門の周辺はほとんどが冒険者なんかの民兵が配置されていて、正規の兵は柵の内側に本陣を組まれることになっている訳だ。

「捨て駒……ということですか。いかにもオルグレンの考えそうなことですが……」

「冒険者たちは配置と同時にさぞや驚くだろうね。特に柵周りに配置された民兵は……ね」

「ええ」とマーリンは吐き捨てるように呟いた。

「民兵は近接装備で柵の外側、そして柵の後ろでは正規軍の弓兵が多数配置となっています。門を突破して意気揚々と乗り込んできた異民族に足止めの民兵をぶつけて……諸共《もろとも》に矢の嵐というところでしょうか」

「門を突破して掃討戦の気分になっている相手の出鼻を挫《くじ》くには良策かもしれないけど、品性は皆無だね。それにアレも良くない」

「アレ……？」

僕が指さす先――柵の後ろ側には大量の壺《つぼ》が用意されていた。

「油壺だよ」

意味するところを察して、マーリンの顔から血の気が引いていく。

「民兵と異民族は矢と火の海に放り込まれ……正に地獄絵図といったところでしょうか」

「他にも気になるところがある。配置陣営を見るに、いざとなれば正規兵は抜け道から逃げる算段すらあるだろうね」

この手の砦に上層部の脱出経路が確保されているのは良くあることだ。

配置状況をじっくりと眺めていると、何となく色々と……裏に特別な意図が見えてくる。

今回は割と分かりやすい感じなんだけど、分かりやすすぎてどうにも胸糞《むなくそ》が悪いね。

「あの男……平民を捨て駒にし、貴族の誇りとはよくぞ言えたものです」

「しかも僕たちは民兵の配置にキッチリ組み込まれているしね。この配置図を見て文句が出ると思わなかったのだろうか」

「馬鹿にされているのではありませんか？　どうせ分かる訳がない……と」

はー……と、僕がため息をついた時、背後から足音と共に声が聞こえてきた。

「良い見立てだね……君たちは軍略を学んだことが？」

年の頃なら五十代半ばというところだろうか。

片目に眼帯をつけた長髪オールバックの総白髪、巨大な体躯《たいく》から歴戦の戦士を思わせる男だった。

「いえ、学んだことはありませんが……貴方《あなた》はこの砦の正規兵の方でしょうか？」

「ああ、副隊長のアンガスだ。しかし学んだこともないのに……中々どうしてと言ったところだね。特に君はまだ十代半ばに見えるし、作戦を聞かされてもいないのに見取り図だけでよくぞそこまで読み切ったものだ。感心するよ」

まあ、本物の戦場なら何度も経験しているし、それはマーリンも同じだ。

それに本当に別に大した読みでもないしね。

「個人的には非常に思うところがある作戦なのですが……副隊長ということであれば、そのお力でどうにかなりませんかね？」

責めるような僕の視線を受けて、大きな体躯を小さくしてアンガスさんは申し訳なさそうにペコリと頭を下げた。

「申し訳ない。私が隊長のままであれば……このような非道はさせていないのだが」

「隊長のまま……と、おっしゃいますと？」

「半年前のことだがね、この砦は一度異民族に落とされている。どうにかこうにか奪還はしたが、門や壁は突貫工事のハリボテでね。故に敷地内に本命の陣を敷いているというところなんだ」

「……それで？　どうして貴方が副隊長に？　たったこれだけの会話しかしていませんが……今の隊長さんよりは貴方のほうが……とは思います」

「砦が落とされた際、当時は私がここを仕切っていた。異民族、魔物、アンデッド……何でもありの混成兵団がここを襲い、戦力的には為《な》すすべもなかったのだよ」

「異民族が魔物を操るところまではわかります。しかし、アンデッド？」

「ああ、屍霊術……禁制の高位魔法だね。何故《なぜ》に異民族がそんな技術を得たのかはわからないが……ともかく砦に詰めていた兵は全滅となった」

やはり……と、考えるべきなんだろうね。

冥界の宝珠《スカーレットオブハーデス》と言えば屍霊術師の魔力タンクのような存在だし、それくらいにしか使い道もない。

異民族が何故にそんなものを使うのかと思っていたけれど、やっぱり使い道もそこだった……と。

「しかし、全滅したという話なのに、どうして貴方は生きているんですか？」

その言葉でアンガスさんはゆっくりと空を見上げて、自嘲気味に笑った。

「決死隊を組んで包囲される砦から……一部が王都に救援要請に向かうことになったのだ

よ。王都までたどり着いたとき、残っていたのは私だけだったがね。そうして援軍と共にここに戻ってきたときには……既に自軍で生きている者はなかった。そうして私は一人だけおめおめと生き残り、こうして生き恥を晒《さら》している訳だ」

「……ひょっとして……貴方は戦場に死に場所を探しているのですか？」

　すると、驚いたという風にアンガスさんは大きく目を見開いた。

「どうして……それを？」

「貴方の体を見れば歴戦の勇士だとは察しがつきます。しかし、今の貴方は戦いに赴く戦士の目をしていませんからね。憔悴《しょうすい》しきって……まるで自殺を考えてるような眼《め》です。そして……失礼ながら、死に場所を求めて戦場に身を置くことは、散っていった部下の人たちに対して何の償いにもならないと思いますが？」

「……本当に不思議な少年だね。まるで東方のサトリという伝承の化け物と話している気分になってくる。だが、償いにはなると思うよ」

「と、おっしゃいますと？」

「残されていた警備日誌にあったんだよ。隊長に援軍を要請させたのは間違いだったとね」

「間違い？」

「ああ、援軍などいらないから戻って来いとも書かれていたよ。それはおそらく、一人だけ生き残った私に対する恨み節で……死ぬならば私も含めて全員で死んでしまえば良い。

ただ一人だけで助かりやがって……と、そういう呪詛《じゅそ》の言葉だろう」

　そのままアンガスさんは遠く朝日を見て、力なく呟いた。

「かつて可愛《かわい》がっていた部下たちだ。家族同然に同じ釜の飯を食っていた。いい加減……悪夢にうなされるのも疲れてね。はは、まさか自分がこんなに参ってしまうなんて思いもよらなかったよ」

　そして、精いっぱいの空元気の笑顔を作り、パンと掌《てのひら》を叩《たた》いた。

「さあ、湿っぽい話はここで終わりだ。それに私も死に場所を求めているとはいえ、あくまで全力を尽くしたうえで散りたい。可能な限り君たちの命を救いたいと思っているよ」

「僕たちの命？」

「ああ、私は君たち民兵の指揮官に志願している。あの時……彼らを救えなかったせめてもの償いだ。一人でも多く君たちを生かしたい。あるいは……死んだとしても奴《やつ》らに遺体は好きにはさせん……彼らのようにはな」

「遺体とおっしゃいますと？」

「異民族の風習だよ。連中は敵の遺体を持ち帰り、それを眺めて酒を飲む。まあ、首を持ち帰る場合があるらしいが……この砦《とりで》の場合は全ての遺体が持ち帰られていた」

　戦国時代の日本でも、褒美を貰うために証拠として敵の首を持ち帰るみたいな話はあった。

だけど……まあ、それよりも遥《はる》かに悪趣味な話だね。

そうしてアンガスさんは、僕に向けてペコリと頭を下げた。

「正直な話、君には逃げても良い……と、言いたいところだが立場上そうもいかなくてね。今の隊長の言っていることも一理はあるんだ」

「剣を持っているならば、国のために働けというやつですね」

「ああ、申し訳ないが今夜の襲撃に協力してほしい。それが国を守ることであるというのも……事実なんだ」

「まあ、それはやぶさかではありませんが」

「それじゃあ今夜はよろしく頼むよ」

そうしてアンガスさんは、申し訳なさそうにしてその場から去っていった。

「それでマーリン、話は最初に戻るけれど、民兵を矢面に立たせることの倫理的な是非は抜きにして、純粋にこの布陣を見てどう思う？」

「人間が相手であれば、味方諸共の焦土戦法ということで有効でしょう。倫理的是非はおいておく……という前提ですがね」

「うん、僕もそう思う」

「ですが、魔物使いが敵ということであれば……」

しばしマーリンは押し黙り、そして小さくため息をついた。

「魔物というものを分かっていないとしか、言葉がありません」

☆★☆★☆★

そして、新月の夜。

マリアが弓を持っていたという物凄《ものすご》く適当な理由で、僕たちは壁上の守衛として配置されることになっている訳だ。

まあ、ここは城門突破の最前線なのだから、民兵の被害を可能な限り少なくするためには好都合だろう。

ちなみに、どうしてここの砦の正規兵が異民族の襲撃が、今夜だとアタリをつけられたかというと、それは非常に単純な理由となる。

通常、異民族の戦力は大別して二つ。

――一つは人間。

――そしてもう一つは魔物だ。

魔物使いという戦闘方法はデメリットも多い。

例えば、戦力として使役するのであれば暴走による味方の被害をも前提とするものだ。

また、普通の国が正規軍として魔物を組み込むのであれば、馬なんかと同じくして人が住む地域で魔物を飼わなくてはならなくなる。

戦場で使役するだけならギリギリでセーフなところはあると思う。

だけど、流石《さすが》に市街で魔物を飼う……というのは治安の問題的にも、住民の感情的にもよろしくない。

その点、異民族は荒事で生計を立てる者たちの集合体だ。しかも、常に周りに魔族ひしめく山中なんかに居を構えている訳だ。

なので、異民族の間では魔物使いという手段は割とポピュラーであり、合理的でもある。

それで、何故に新月かというと魔物は月の満ち欠けによって凶暴性が変わってくるんだよね。

狼男《おおかみおとこ》の伝承じゃないけど、満月に近くなるにつれて凶暴性が増す。

なので、戦力のかなりの部分が魔物である異民族として、新月が絶対条件となるのは自然な流れとなる訳だ。

当然ながら、それを逆手に取ってこちらも防衛体制を敷ける訳なんだけど……それは相手も百も知っているわけで……。

だから、前回の襲撃を例とした前提で組まれている、今回の防衛ラインが有効に動作するとは考えにくい。

この国は異民族の知性を馬鹿にする傾向があるんだけれど、冒険者ギルド時代に山賊やら盗賊を狩りまわっていた僕は良く知っている。

奴らには品性はないが、戦闘についてはプロだ。

恐らく、この布陣だと僕たちの助けがないとガタガタにされてしまうだろう。

「エフタル様？」

「ああ、予想通りだね」

壁上から遠く空を眺め、僕とマーリンは頷きあう。

と、そこにマリアが不思議そうに小首をかしげてきた。

「ちょっと、どういうことなの？　こっちはエフタルみたいな超人じゃないから夜中に……あんな遠くの空には暗闇しか見えないんだけど？」

「ああ、ごめんね。それじゃあ状況を説明しておこうか」

マリアだけじゃなく、アナスタシアもシェリルも小さく頷《うなず》いた。

「前回の襲撃でも異民族は魔物を使って……少数部隊で攻撃を仕掛けてきた。ゴブリンやオークが主で、ジャイアントエイプなんかの巨人種が門を破るための決戦兵器みたいな感じで使われたって感じだったね？」

「ええ、そういう風に聞いているし、戦闘の跡からもそんな感じでしょうね」

「連中は奇襲と不意打ちを主にする。それに……戦力を十分に活用できるのは新月っていう制約もあるよね？　けれど、前回は様子見程度で切り上げて帰っていったんだ」

「……どういうこと？」

「制約がある以上、一撃で仕留めるのが王道なんだよ。こちらに警戒されて対策を立てられたら……普通に考えて状況は悪くなるよね？」

「まあ、そりゃあそうよね……で、つまりはどういうこと？」

「前回の襲撃、それ自体が罠《わな》ってことさ」

　そうして僕は遠い夜空を指さして、マーリンが小さく頷いた。

「異民族を乗せたガーゴイル。その数はおよそ百といったところで……あれだけの戦力があるのに、敢《あ》えて前回は使わなかった。奴らは今夜で決める気だ、奴らの思惑通り、こちらの布陣の想定では空からの奇襲は一切考慮されていないしね。それで、他の別動隊として前回と同じくゴブリンなんかの地上部隊。それで戦闘の最中に空から矢が雨あられ……まあ、異民族の筋書きはこんなところだろうね」

　と、そこでマーリンは呆れたように笑った。

「向こうはゴブリン諸共《もろとも》にこちらを矢の嵐に晒す作戦で、こちらは民兵諸共にあちらを矢の嵐に晒す作戦ですか。皮肉なものですね」

「で、あちらの矢の嵐作戦の方が有効そうってのが……本当に出来の悪い話だね」

「どうしますかエフタル様？」

「当初の予定どおりでいいよ。僕たちは巻き込まれただけの民兵の保護を最優先に動く」

「具体的には異民族の地上部隊を即時殲滅《せんめつ》し、続けざま対空魔法でガーゴイルを殲滅ということで？」

「うん、今のところは……ね」

と、そこで僕はガーゴイルの動きを見ながら、思案に入る。

まだ姿は見えていないけれど、森の中から迫っている敵の地上戦力は間違いなく砦の門に殺到するはずで、これは間違いない。

けれど、敵の上空戦力がどこに向かうかについては……確信が持てない。

セオリーでいけば、やはり戦闘の最中……壁上や門周辺に向けて上空から矢の嵐で、守勢の抵抗力を奪うところだろう。

だがしかし、上空から見ればこちらの布陣の全容はすぐにわかるはずだ。

少し頭の回る指揮官であれば、門を含めた壁周りの戦力が捨て駒で、本体の指揮系統から切り離されているものとわかるはず。

なら、その場の判断で本丸に直接向かって、こちらの指揮系統を引っ掻《か》き回して混乱に陥れる方向にするんじゃないかな。

　まあ、どの道やることは変わらないか。

　ともかく、守る優先順位としてはアナスタシア達、民兵、そして正規兵だ。

「エフタル。私にも見えたわ……すごい数のガーゴイルね」

「流石はエルフの射手だね。目が良い」

　マリアは弓を持ち、対空を想定したと思われる感じでやる気に燃えていたので、慌てて手で制した。

「いや、ここからじゃ届かないよ。そっちは今は気にしなくて良いから」

「どういうこと？　アイツらはここに向かってやってくるんじゃないの？」

「そうなるんじゃないかなと思っていたけど……連中は高度をまだ下げていない。この感じだとどうやら砦内の正規兵の方に向かっているようだね。今は僕たちは異民族の魔物使いの地上戦力に全力を尽くそう」

「え？　でも、それだと正規兵の連中がヤバいんじゃない？」

　そこでシェリルがピシャリと言い放った。

「……兵というものは戦うために覚悟を了した者のこと。最終的にエフタルが助けてあげるつもりであるだけで、僥倖《ぎょうこう》と感謝すべき」

そうしてガーゴイルの群れは僕の言葉通りに壁と門を素通りし、砦の中に向けて空を進んでいく。

「でもエフタル？　アンタなら一撃でズガーンってやれるんじゃないの？　こう……何ていうかレベル10とか9とかでさ」

「散開しすぎているし一撃で仕留められない。それに超範囲魔法の連打は制約がかかるし……ひょっとしてマリアは僕を魔力無尽蔵の化け物と勘違いしていないかい？」

「え！　違ったの!?」

真顔で驚かれてしまった。

いや、君も魔術師なんだからそれくらい分かるでしょうよ……。本当に僕を何だと思っているんだ。

「そんなことができれば古代の魔術師は、個人で大国に立ち向かえる連中だらけだよ。それに……」

「それに？」

「冥界の宝珠《スカーレットオブハーデス》が気になる。あのアーティファクトが出てくるなら……序盤で大規模魔力行使からの戦力摩耗は君たちの危険に直結する。優先順位があるし、シェリルも言っていたけど正規兵なら覚悟はあるはずだしね」

そしてしばらくして、その時が来た。

ヒュンヒュンヒュンと風切り音と共に、上空から壁の向こうの砦《とりで》内——柵の内側に向けて矢が放たれる。

悲鳴と共にバタバタと人が倒れ、慌てて正規兵たちが建物の中に逃げ込んでいく。

逃げ遅れた兵士たちに、矢じりという名の慈悲なき死神が降り注がれる。

そんな、悲鳴が響き渡る阿鼻《あび》叫喚《きょうかん》の状況の中、異民族たちは更に追い打ちを仕掛けた。

油壺《あぶらつぼ》がそこかしこに投げ落とされていき、揮発性のツンとした香りがこちらにまで漂ってくる。

そして、鈍く重い爆発音。

地面にまき散らされた可燃性の液体に、上空から火矢が放たれたという訳だ。

しかもこちらが用意していた油壺にも引火して、次々と爆発が起きて——事態はまさに地獄絵図となる。

「こりゃあ思ったよりも敵の手際が良い」

「ええ、エフタル様。逃げ込んだ建物から外に出ようとしても火と矢の嵐で簡単には出れません。すぐに助けに入らないと……建物内が焼死体で満たされてしまいますね。私が単騎で森の中に打って出てゴブリンを掃討しましょうか？」

「いや、やはり冥界の宝珠《スカーレットオブハーデス》が気になる。君はアナスタシア達の最後の盾になってもらいたい。それに——」

「それに？」

「こちらから出向かなくても、もう間もなく向こうから来てくれるはずだ」

と、マーリンとそんなことを話していると、マリアが不思議そうに尋ねてきた。

「ねえ、エフタル？　ガーゴイルの上に乗ってる異民族なんだけど……普通の矢は壺に突っ込んでから放っているみたいなんだけど、アレは何をしているの？」

「マリアはやっぱり目がいいね」

言葉を受けて、マリアは誇らしげに薄い胸を張った。

「伊達《だて》に子供の頃から森や草原で狩猟はしてないわ。で、連中は何を矢に塗ってんのよ？」

「ああ、糞尿《ふんにょう》を腐らせたものだよ」

「……糞尿？　どうしてそんなことを？」

「雑菌だ。軽傷でも……すぐに破傷風が発症して戦力として役に立たなくなるからね。負傷兵の介護で正規兵も疲弊するし、戦力を削るには最適だ」

少し何かを考えて、マリアの顔から血の色が引いていく。

「エゲつないこと……するのね」

「戦場の常套手段《じょうとうしゅだん》。これは遊びじゃなくて、戦争だから」

その言葉を受けて、アナスタシアは大きく頷いた。

「ふふ、私なら毒を塗りますけどね！」

「毒は高価で作成に手間がかかるからね。だから……手軽で無料の糞尿なんだ」

しばらくアナスタシアは何かを考えて、「むぐぐ……」と首を左右に振った。

「……なるほどなんです」

とりあえず、矢に糞尿を塗るということについて、マリアは少なからずショックを受けたようだ。

けど、アナスタシアはそれを自然なこととして受け止めているようだね。

むしろ、手ぬるいとでも言いたげな勢いだった。

――うん、やっぱりこの子怖い。

僕もこの手の知識に初めて触れたときは「うげげ……」と思ったもんだけど、アナスタシアからはそんな感じは全く受けないもん。

「ちょ、ちょっとエフタル!?」

「今度は何だいマリア?」

「森の奥からアンタの言ったとおりの異民族とゴブリンがやってきたんだけど……」

呆然《ぼうぜん》とした表情で、マリアは力なく向こう側を指さしている。

そして、ソレを見て僕は深く深くため息をつき、腹の底から湧き上がる嫌悪感と怒りを抱いた。

「やっぱり、アレばっかりは何度見ても慣れないね」

「魔物がアレをするならまだわかる。けど、異民族も人間でしょ？　どうしてあんなこと……できるの？」

マリアは蒼白《そうはく》な表情で口に手をあてて、今にも吐きそうになっているね。

まあ、これは通常人の反応だろう。昔にアレを始めて見た時は僕は実際に吐き戻したしね。

「……なるほど。これが異民族……これで一片の迷いなく私は殺傷魔法を放つことができる」

唇を噛《か》みしめてそう言ったのはシェリル……こちらは嫌悪感よりも怒りが勝っている感じか。

「……流石《さすが》に……やって良いことと悪いことがあると思うんです」

良かった。

本当に良かったよ。

アナスタシアの表情から、血の気が引いていて本当に良かった。

さすがにあの光景を見ても平然としていたら、僕はこの子をどう扱っていいか分からないからね。

「だからエフタル？　本当に何……アレ？　何なのよ……アレは……？」

「見ての通りに人間の死体——肉と臓物を切り刻んだものだよ」

そう、それは禁忌のオブジェ。

異民族率いるゴブリンの先鋒《せんぽう》隊が構えている大盾には、針金で生首やら手足やら臓物やらが飾られていたんだ。

「そんなもんは見りゃあ分かんのよ！　私が聞いてるのはどうしてそんなことをしてるのかってコトっ！」

「古典的な良くある戦法で、特に異民族が好んで使う手法。主な目的は恐怖を与えることだ」

僕の言葉にアナスタシアが頷《うなず》いた。

「恐怖が伝染した味方は敵に勝るんです……その意味では有効だと思います」

「うん、それで正解だアナスタシア」

「ちょ……え？　どういうことなの？」

「ねえマリア？　戦闘の最初に《自らの末路》を示唆することは有効だとは思わないかい？　逃げる相手の背中を切るのと、立ち向かってくる相手を切り伏せる、どちらが簡単かは明白だ」

「いや、戦場に立つ者ならあんなのを見ただけで逃げ出したりはしないと思うけど」

「後々の話だよ、少しでも分が悪くなった時、今……僕たちが見ている光景が後々に効いてくるんだ。自分はああはなりたくない……ってね。で、みんなが我慢している中で一人逃げ出せば後は総崩れ……それが僕が今まで何度も見たことのある最悪のパターンかな」

　言わんとするところを察して、マリアは「チっ」と舌打ちをした。

「でも、許せない。あんなことする連中なんて……絶対に」

最初は戦意喪失を危ぶむほどに呆然としていたものだけど、どうにか怒りに震えて活が入ったようだね。

「エフタル様？　お気づきですか？」

「うん、魔物使いがいるのは知ってるけど……出来すぎていると思うべきだ」

人間に使役される場合、ゴブリンやオークなんかの人型の魔物が重装歩兵のような装備をしている場合が多い。だけどこの場合は――

「新品だね。オマケに魔物用にカスタマイズされているように見える。ぶっちゃけ、こちらの正規兵よりも良い装備だ」

「ええ、明らかに技術レベルの高い国の手が入っていますね」

「……異民族が活性化しているという話だったね？　マーリン、君はこれをどうみる？」

「そもそもからして、異民族が砦を襲う……国に喧嘩《けんか》を売るということ自体が……それも含めると、これの意味するところは考えたくもありませんね」

「ああ、同感だ。それとマーリン？　冥界の宝珠《スカーレットオブハーデス》の件があるから、ギリギリまで相手の様子をみてからだけど……レベル6くらいの水魔法で火の手を止めて、正規兵を救ってあげて欲しい」

「了承しました」

さて、森の中から攻城兵器の破城槌《はじょうつい》も出てきたし、そろそろ先鋒隊のゴブリンの攻撃が始まりそうだ。

そうして僕はアナスタシア達に向けて指をパチリと鳴らした。

「ご、ご主人様？　何をしたんです？　今……風がフワって……」

「風精霊の守護。流れ矢程度なら逆に跳ね返しちゃうような奴《やつ》だけど、過信はしないで。後、何が起きるか分からないから僕とマーリンのフォローは……最初のこれ以外にはないと考えて各自行動してほしい」

そうして僕は大きく頷いて言葉を続けた。

「さあ、君たちの初陣だ」

サイド：国境警備副隊長アンガス

「ガーゴイル……だと!?」

本陣に向けて空から雨のように……いや、嵐のように矢が降り注いでいく。

悲鳴が砦内に木霊し、正規兵たちは一瞬でパニックに陥り、血達磨《ちだるま》となって建物内に逃げ込んでいく。

「……不味《まず》いな」

次々と爆発が起き、瞬く間に火の手が回っていく。

火の手の広がりに呼応するように壁上の民兵にも動揺が広がり――察するに、既に逃げの算段を立て始めている連中もいると見える。

と、その時、遠く森の中にゴブリンを率いた異民族の魔物使い達の影が見えた。

「おいおい、どうするんだよっ！」

「後ろのお偉いさん連中は空からの奇襲で滅茶苦茶《めちゃくちゃ》だし、前方からも凄《すご》い数の魔物と異民族が……っ！」

「元々俺たちゃ強制徴集された被害者だ！　構うことはねえ、逃げるぞ！」

そこで重く低い声で、大きな一喝が響き渡った。

「逃げるってどこに逃げんだよっ⁉　馬鹿なこと言ってんじゃねえ！　この場で戦って……踏みとどまって活路を開くしかねえだろうがよ！　ここでパニクったら異民族の思《おも》う壺《つぼ》だっ！」

最後の男……冒険者の一団の最年長で、どこぞのパーティーのリーダー格に見える。

ともかく、彼の一喝で平静を取り戻し、一同は覚悟を決めたようだ。

――流石は冒険者連中だな……と思う。

連中は金で命を賭けているが故に……生き残る術を良く知っている。

既に魔物と異民族に包囲されている状況、逃げることすら難しい。

今は砦《とりで》内の正規兵の様子を窺《うかが》い、反転攻勢の可能性を見極めつつ、ここで踏みとどまり火中の栗《くり》を拾うのが最善な風に私にも見える。

しかし……と私は思う。

冒険者のリーダー格風の男の顔の血色は悪く、その表情に覇気はない。

――十中八九、死を覚悟している男の顔だ。

まあ、無理もない。

まだ状況が決していないとはいえ、後方では火の手が上がり、本体の正規兵は敗色濃厚だ。

「ともかく踏みとどまるぞ！　正規兵の連中も奇襲で浮足立ってるだけだ！　必ず反転攻勢のチャンスは訪れる！」

リーダー格の男の言葉で、一同が「応っ！」っと雄叫《おたけ》びで応じた。

実のところ、誰も彼の言葉を本気では受け取ってはいないだろう。が、彼らはそれでも応と応じた。

生き延びるために必要なことだから、その雄叫びで自らと周囲を鼓舞しているのだろう。

そして気が付けば、私は彼らの勇猛に敬礼で応じていた。

――死地に活路を求める者は、死に場所を求める者にとっては……思いのほかに眩《まぶ》しい。

と、そこで冒険者の一人が悲鳴に近い声で叫び声をあげた。

彼らの視線の先を見てみると……私は思わず唇を噛みしめ、鉄の味が口の中に広がった。

「な、何だ連中!?」

「死体を盾に……括《くく》りつけているだと？」

「これは古来の戦争方法……俺たちの恐怖を煽《あお》っているんだ」

　どうやら、異民族の仕掛けは効果があったようで、元々血色の悪かった冒険者たちの血の気が更に引いていく。

　その時、冒険者の一団から男が一人名乗りを上げた。

「皆さん、私はＣラ……　いえ、Ａランク冒険者の狂炎のエドワーズです！」

「Ａランクだって、何でこんなところに⁉」

「いや、俺はさっき……こいつにＣランクだと聞いたぞ⁉」

　言葉を受けて、エドワーズは「ふふふ」と笑った。

「私がＣランクを名乗っていたのには理由があるのです。故あって、父上からは謙虚に大人しくしておけと言われていましたが……この状況ならば仕方ありません！　さあ皆さん！　私と一緒に助かりましょう！」

「助かるって何をするつもりなんだ？　っていうか、本当にＡランクなのかアイツは？」

「うーん……見覚えが……あるぞ。多分……いや、絶対にそうだ！　アイツが王都のギルドでＡランク連中とつるんでるの見たことあるぜ！　そうだ、確かにアイツはＡランク冒険者のエドワーズだ！」

「おお！　マジかよっ！」

「で、どうするんだよエドワーズさんよ⁉」

「集団で一気に森に向けて打って出るのです！　敵の包囲の中を一点突破で駆け抜け、逃げのびるのです！　そう、Aランク魔術師――この狂炎のエドワーズの後方支援魔法があれば抜けられない包囲などありません！」

　エドワーズの言葉に半数程度の人数が目の色を輝かせる。

　この流れは……良くない。

　金で命を賭けるが故に、彼らは危険には敏感だ。

　自分の死を常に商品として扱っているからこそ、先ほどのように見え透いた鼓舞にも……半ば勝ち目がないと分かりつつも、それしかないから彼らは乗ってみせる。

　ならば、他の生き残る可能性を示唆されれば？

「Aランクが助かるってんならマジで助かるかもっ！」

「乗った！　俺は乗ったぜエドワーズさんにっ！」

「俺も乗った！」

「さあ皆さん！　善は急げです！　レベル２：風緩圧《エアークッション》！」

　壁下に空気の緩衝材が形成され、エドワーズに付き従い、壁上から冒険者たちは次々と飛び降りていく。

　付き従う者が五割、この場で呆然《ぼうぜん》とする者が五割といったところか。

「君は……行かんのか？」

先ほどの冒険者のリーダー格に声をかける。

呆然とするがあまりに、逃走の機会を逃したことを悔やんでいる風に見える者がほとんどの中、この者だけは何故《なぜ》か勝手が違うようだ。

「はは、正規兵の副隊長がそれを言っちゃうんですか？」

「ああ、行ったとしても責めはせんよ。Ａランクというのが事実であれば助かる公算は向こうの方が高いしな」

「少しね、嫌な予感がするんですよ。こう見えても生き死にについては……俺は鼻が利くんです」

冒険者のリーダー格の男はそう言って、おどけるように肩をすくめた。

そうしてエドワーズ達と言えば、剣や鎧《よろい》で武装したゴブリンの群れに向けて密集隊形で突き進んでいくつもりらしい。

「このクソ鬼がっ！」

「アギュっ！」

ゴブリンの頭を戦斧で潰した先頭の男だったが、良くないな。

彼は密集隊形から一人だけ突出した形となっている。そして、案の定、彼の横合いから次から次にゴブリンがまとわりついていった。

「くそ、数が多いっ！　おい、エドワーズさん！　援護っ！」

「皆さん！　あのゴブリンに囲まれた男は捨て置いて……そのまま駆け抜けてください！」

「何っ⁉　おい、テメエ⁉」

「私が危なくなったらきちんと魔法を使いますよ。あくまで無駄撃ちはしないと言っているだけです。魔力は有限なのです！」

「コイツ…っ！　おい、待てよ！　待てよお前ら！　置いてくな！　ぐぎゃああああ！」

男はゴブリンに群がられ、引きずり倒され、滅多《めった》打ちの滅多刺しになるのに十秒とかからなかった。

と、そこで樹木の上から、一同に向けて複数のゴブリンが降ってきた。

ゴブリンのうちの一匹はエドワーズに向けて直撃のコースで、彼は火の範囲魔法を上空に向けて放った。

「グギャっ！」

「アギイイイイっ！」

「おお、やっぱり凄いぜエドワーズさんっ！」

「しかし、ちゃんと援護してくれないんだったら意味のない話だぜ？　今からでも砦に戻るのも……」

「はは、皆さんご安心をっ！　私としても逃走で全ての肉壁を失う訳にもいきません。あの砦が地獄に変わるのは時間の問題——どちらに付くのが得か良く考えなさいなっ！」

「くっそ……足下……みやがって！」

けれど、一団の足は止まらない。それどころか加速している様子だ。どうやら一同は覚悟を決めたらしい。

「それで良い！　さあ、突き進むのです！　モタモタしていればその分……死人が増えますよっ！」

言葉と同時に、再度樹木の上からゴブリンが降ってくる。そして、エドワーズからはかなり離れた場所だったので、今度は魔法を使わなかったようだ。

「くそ、ゴブリンめっ……アギっ！」

「うぎゃあああ！」

ドサリ、ドサリとゴブリンに襲われた二人の男が倒れ、それに構わずエドワーズたちは駆け抜けていく。

「待って、待ってくれ……ぐあああああっ！」

ああ、何ということだ。

今まで戦場で色々な光景を見たが、ここまで酷いのは久しぶりだ。

と、私が頭をクラクラとさせていると、エドワーズたちは幾つかの死体を残して森の奥へと消えていったのだった。

「行っちまいやがった……とりあえず、どうすりゃいいんですかね副隊長」

問いかけに、私は肩をすくめてこう応じる。

「ゴブリンに……ありったけの矢をここから降らせるしかないな」

「はは、こりゃあまたとんでもない名指揮だ。そいつは凡人の俺には思いつきませんでしたよ」

冒険者のリーダー格の男はやれやれだとため息をついた。

「申し訳ないね、この状況では取れる手段は他にない」

「ま、他に方法があるのにそんなこと言ってんだったら……アンタを殴り飛ばして俺が代わりに指揮を執ってますよ」

そうして黙って彼らは、エドワーズたちが置き去りにした弓と矢を拾い始めた。

生き残るためにできることをする。

その意味では、この男はやるべきことを本当に良くわかっている。

今、我々にできることといえば、この壁上から矢の雨を降らせることだけだ。

そうしてしばらくして、残った冒険者たちが再度ざわつき始めた。

と、いうのも……次々と森からあふれ出るゴブリンたちが急にその場で立ち止まり、エドワーズたちが残した死体に槍《やり》を突き刺したのだ。

そしてその臓物を引きずり出し、今度はナイフでその首と四肢を切断していく。

「ギギ、ギギギっ！」

「ググ、ググググ、ググググっ！」

「副隊長？　あれは……笑っているんですかね？」

「ああ、間違いないな」

「死体を弄んでいる……ってことですか？」

「いや、それは違う。魔物は私たちに恐怖を与えるなんてことは考えてはいない。あれはただ……」

ゴブリンたちは死体の手足を切り落とし、切り刻み、切り離し、そのまま大口を開いて肉片にかぶりついた。

「食事をしやすくしているのだ。異民族の魔物使いがあの行動を止めないことについては、私たちの戦意を挫《くじ》く効果を考えてのことだろう」

冒険者のリーダー格の男の表情に冷や汗が見えた。

後方の火の手も強まり、正規兵の状況もいよいよ悪そうだ。


――状況は末期に近い。


だが、やはり彼は……今、やるべきことを本当に熟知しているようだ。

「はは、はははっ！　下等生物はやることがゲスくていけねえな！　俺たちゃ金に生き死にを賭ける冒険者稼業だっ！　なあお前ら！　俺たちあんな脅しにゃ――」

と、男は精一杯の大声で虚勢を張りつつ、周囲を見渡し絶句した。

「お前……ら？」

「なあリーダー？　俺たちも……ああなる……のか？」

その問いかけに、男は唇を噛《か》みしめる。

「……そうかもな」

最早《もはや》、鼓舞も無駄だと悟ったのだろう。男はお手上げだとばかりに両手を上げた。

「しかし、後ろの燃え方が中途半端だねえ。どうせなら景気づけにもっと燃えりゃあ……最後の舞台にゃ粋ってもんだ！」

ひゅうと口笛を吹いて、力なく冒険者のリーダー格の男は弓を手に持った。

「なら、もっともっと燃えるまで……時間を稼げば綺麗《きれい》な幕引きってなもんよ！　さあ、ありったけの矢を降らせてやるぜ！」

その時、ゴブリンの背後に異民族の姿が見えた。

そして、異民族の指示を受けて、森の中からこちらに向けて現れたのはゴブリン達の引く荷台――破城槌《はじょうつい》だ。

前回の奇襲でボロボロの門、突貫工事の応急処置では……あれの攻撃には到底耐えられるものではない。

「さて、ここらが潮だな」

神よ……と、私はその場で祈ろうとして、やめた。


――神などいない。

――あれほど祈ったのだ。

――私が援軍を連れ帰るまで、生きていてほしい……持ちこたえていてほしいと、あれほど願ったのだ。


あの時、この砦《とりで》に残した部下たちに武運を……と、血涙を流しながら願ったのだ。

そう、神はいない。

神に頼っても意味はない。

ならば、私にできることはなにか？　被害を少しでも少なく……いや、この若者たちを一人でも救うには？

チラリと森の中に視線を移し、頷《うなず》いた私は壁の上から地面に向けてヒラリと飛び降りた。

これでも剣技には自信がある。

敵の数は異民族、ゴブリン併せて概《おおむ》ね三百といったところ。

そして、敵指揮官との距離は凡《およ》そ百メートル……明らかに前に出すぎている。

「そう、ここが決死の突破口、勝利を確信しているのだろうな。だから、あんな距離で平然と構えていることができる。いやはや、不用心なことだ」

私は壁上の冒険者たちにあらん限りの声で語りかけた。

「敵指揮官に向けて切り込む！　私が血路を開く……敵が崩れたところで君たちは逃げるんだ！」

「副隊長、どこに行こうっていうんだっ⁉　いや……なるほど、確かにそれなら……みんな撤退用意！　機を見て……イケそうならズラかるぞっ！」

指揮官に向けて私がある程度の深さまで切り込めば……敵の包囲陣形にスキができる。

ならば——


——これこそが私の死に場所にふさわしいっ！

もう、神には祈らない。

祈りの代わりに剣を握り、彼らの道は私が切り開いて見せるっ！

そうして私が森に向けて走り始めたところで——

——ヒュン、ヒュン、ヒュン、ヒュン。

樹上からゴブリン共の矢の雨が飛んでくる。

が、これは想定内だ。

駆ける速度を落とさず、身をひるがえし矢を避け、切り落とし、一直線に異民族の指揮官へと向かう。

そして、向かい来るゴブリンを切り伏せ、蹴飛ばし、体当たりで吹き飛ばす。

四肢の全て、この巨躯《きょく》すらも駆使して血路を開く。

予想通りに異民族とゴブリンは私に向けて一目散に群がってくる。

「そうだ、それで良いっ！　もっとこっちに来いっ！　もっとだっ！」

私は大きく頷いた。

そう、指揮官を倒せずとも——それでも戦力がこちらに集中するだけでも、冒険者たちの逃げるスキができるのだ。

「おおおおおおっ！」

全力で、駆ける。

全霊で、剣を振る。

——指揮官まで目測残り五十メートル。

敵の攻撃はいよいよ厳しくなり、飛び交う無数の矢は既に処理ができない状況だ。

頭部だけを守り、肩に、腕に、足に鋭い痛みが次々と走っていく。

が、それには構わず、更に老体にムチ打ち加速する。

そうして、遂《つい》に指揮官まで残り二十メートルといったところで……足に何かが絡みついて私は宙吊《ちゅうづ》りになってしまった。

「はは、こんな古典的な……」

やられた。仕掛け罠《わな》だ。

逆さになった視界の中、全てを悟って私は深くため息をついた。

これは獣を捕まえるタイプの罠だな。仕掛けが作動すると同時、足に縄が巻き付き縛り付け、そのまま宙づりに……という寸法だ。

「なるほど、お前が私の最後か」

槍を持ちゆっくりと迫りくる一匹のゴブリンに、私は力なくそう言った。そして——

——神よ、願わくば、あの若者たちに武運を。

と、そこで私は苦笑した。

神には祈らないと決めたが、最後の最後に……私は無意識でそう思ってしまったのだ。

この終幕を喜劇と言わずに何と言おう。

いや、これで良いのかもしれんな。

援軍を連れ帰るのが遅れ……部下を全滅させ、おめおめと一人生き残った私にはふさわしい最後かもしれん。

ゴブリンが、ゆっくりと近づいてくる。

ヒタヒタと、不気味な足音と共に近づいてくる。

――ああ、神よ。

私は部下を救えなかった。願いも届かなかった。

けれど、最後は……最後くらいはこの願いをお聞きください。

巻き込まれただけで、訳も分からず戦場に立たされた……あの哀れな若者たちをお救いください。

いよいよ私の眼前に迫ったゴブリンがニタニタと笑いながら、槍をこちらに突き出してくる。

さあ、これで終わり。そう思ったところで——

——ヒュオン。

風切り音と共にゴブリンの頭部が破裂し、私の足を吊《つ》っていた縄が切れる。

頭から地面に落ちて、私は慌てて立ち上がる。

そして、呆然《ぼうぜん》としつつ、ただただその場に立ちつくすことしかできなかった。それもそのはず——

——ヒュオン。

——ヒュオン。

風切り音と共に、次々と周囲のゴブリンの頭が破裂していく。

「これは……矢？」

それもただの矢ではない。

炸裂《さくれつ》魔法が付与された……火矢？

――ヒュオン。

――ヒュオン。

――ヒュオン。

風切り音に続けてポン、ポン、ポンと炸裂音。

小気味よい音と共に焼け焦げた肉片が飛び散り、瞬く間にこの場にゴブリンの死体が作られていく。

「な、な、何が起きて……？」

砦に顔を向けると、こちらに向けて矢を射るエルフの少女の姿が見えた。

一度に三つの矢を……放っているのか？

しかもこの距離で百発百中……何という凄腕《すごうで》の射手か。

「いや、違う、そうじゃない」

矢は空中で変則的に動いているし、速度も尋常ではない。

――これは魔法で誘導されているのだ。

更に言えば、この炸裂は……明らかに爆裂魔法が付与されている。

恐らくはエルフの少女に矢を渡してる、横にいる桃色の髪の少女が付与したものだろう。

「はは、何という少女たちだ」

突然の死神の襲来に、ゴブリンたちは狼狽《ろうばい》して逃げ惑うことしかできないようだ。

逃げる背中に、頭に、胴体に、どこに当たろうが炸裂魔法は肉体を吹き飛ばし、正に一矢一殺。

それが数秒に一度、三つも飛んでくるのだからたまらない。

そして、矢に対抗すべく大盾を持った重武装のゴブリンが十体現れ、先陣に立って砦へと向かうが——


——ポン。

——ポン。

——ポン。

——ポン。

——ポン。

時間にして、十秒も満たない間の出来事だった。

最初のゴブリンは何が起きたかもわからず大盾ごと吹き飛ばされた。

次のゴブリンは自身が盾諸共《もろとも》吹き飛ばされる寸前に、何が起きているかを理解し大きく目を見開いたまま吹き飛ばされた。

そうして残りのゴブリンは、逃げる背中に矢を受けて爆裂四散した。

そして少女たちの横で猫耳……のようなフードをつけた少女が掌《てのひら》を天に掲げる。

「……レベル５：紅蓮《スカーレットフレイム》」

炎が彩る一筋の光がこちらに飛んでくる。

光が地面に着弾すると同時、森の中に轟《とどろ》くのは悲鳴と爆発音だった。

遠方のせいで声は聞こえなかったが、口の動きを読むに……範囲攻撃魔法が火を噴いたということらしい。

「はは……レベル５？」

と、思わず力が抜けて私はその場で膝を折ってしまいそうになる。

何が、本当に何が起きている？

かつて、Ａランク上位冒険者に見せてもらったことがある。

そう、それは先ほどのエドワーズのようなまがい物ではなく……並みの兵士百人分に比するといわれている、本物の実力者だ。

その彼が見せてくれたのが……レベル５。

しかし、何故《なぜ》にそんな凄腕の魔術師がこんなところにいるのだろうか？

「あるいは、この戦……ひっくりかえせるかも知れない」

そして……冒険者という人種は本当に現金なものだなと、私は呆れ笑いを浮かべてしまった。

少女達を見て、逃げるよりも戦った方が生存率が高いと判断したらしい彼らは、決死の形相でこちらに向けて矢の嵐を降らせ始めたのだ。

ならば、この老骨も一旦砦《とりで》に戻り、彼らと共に……と、思ったところで私は大きく目を見開いて――我が目を疑った。

それもそのはず、黒髪の少年が一人、壁上を物凄い速度で走り、そしてそのままこちらに向けて大跳躍。

おおよそ五十メートルはありそうな距離。

あれよあれよと言う間に少年は空中を駆け抜けるようにして一気に飛び、私の頭上を通り過ぎていく。

そして、着地の寸前にヒュオンと刀を一閃《いっせん》。

「な、な、何ということだ……っ！」

少年は異民族の指揮官の胴体から首を切り落とし、次の瞬間に地面に着地したのだ。

そしてスライディングタックルの要領で地面をズザザと滑り、跳躍のスピードを殺していく。

「さて……」

五メートルほど滑り、立ち上がった少年は周囲の異民族共に呼びかけた。

「アレを見れば戦力差は理解してもらえるはずです。引いてもらえるならありがたいんですけど？」

この少年は何を言っているのだと思ったその時、私は——砦の方角を見て絶句した。

「火が……消えている？」

あれほど燃え盛っていた火は完全に消え失《う》せ、それどころか——正規兵が逃げ込んでいた建物の表面は氷に白く染められていたのだ。

「マーリン……レベル6くらいって言ったのに……レベル8の死氷の女帝《ヘル》って……ああ、もう面倒くさいことになるぞコレはっ！」

少年はブツブツと何かを言っているが、私はただ我が耳を疑うことしかできない。

と、いうのもレベル8を扱うマーリンと言えば、私はただ一人しか知らないからだ。

——それは生ける伝説。

——曰《いわ》く、魔族の英雄。

先の大戦で、単騎で人間の国の魔法師団をいくつも叩《たた》き潰《つぶ》した……あのマーリンのことなのか？

そして異民族と魔物たちは、氷に包まれた砦内を見て、キョトンとした表情を浮かべていた。

そういえば異民族は魔法を扱う者が……ほとんどいなかったのだったな。

だから、どれほど非常識なことが起きているのかを全く理解していないのだろう。ただただ、理解不能。キョトンとする以外に道はない。

魔物に関してはそもそもからして理解が及ぶはずもない。

「どうやら引く気はないようですね？」

少年に向け、異民族にけしかけられたゴブリンたちが襲い掛かった。

その所作は流水の如《ごと》く滑らかに、清らかに、そして静かに。

最小限の動きで、それでいて——凡《およ》そ人であることを辞めているかのような圧倒的な……目にもとまらぬ純粋な速度。

「……美しい剣舞だ」

可愛《かわい》らしいとすら表現しても良い、中性的にして細身の少年が戦場で舞っていた。

あの身体能力強化……とても人のものとは思えん。

いや、見るべきはあの剣技……か。

ただの力押しでないことは火を見るよりも明らかだ。

少年が剣を振り、瞬《まばた》きの内にダースの単位でゴブリンたちは倒れていく。

見る見るうちに……という言葉は今、この瞬間に使うのが適切なのだろう。

気が付けば、無数の屍《しかばね》の山が築かれていて、この場のゴブリンの死体は百を優に超えていた。

正に、蹂躙《じゅうりん》。そして、壊滅。

と、そこでようやく状況を察した異民族の内の一人が、悲鳴をあげて逃げ始めた。

一人が逃げると、次の一人が逃げる。

そして二人が逃げると、次の二人が逃げる。

すぐに部隊は総崩れとなり、壊滅・敗走という言葉に似つかわしい様子で、我先にとばかりに壊走していく。

逃げる彼らを横目に、私は少年に向けて歩き、開口一番こう語りかけた。

「凄いね……あっという間に終わらせてしまった。その剣技は誰に習ったんだい？」

「いえ、まだ終わっていませんよ」

少年が遠く空を眺める、その視線の先には――

「ド、ド、ド……ドラゴンゾンビっ⁉」

翼を広げた幅は十メートルを超えているだろうか。

体高は四メートルを優に超え、かつては大空の覇者であったその肉体は半ば腐り落ち、ところどころに骨も見える。

そう、あれはドラゴンの成れの果てだ。

龍人《りゆうじん》であれば人間と意思疎通もできるという話だが、アレは……純粋なドラゴンだ。

知恵を持たぬ地上最強の下等生物にして、今まで数多《あまた》の騎士団を飲み込んできた……人類の天敵の代名詞の……その成れの果て。

「なぜ……あんな……もの……が……？」

「魔物使いがいたでしょう？」

「い、い、いやっ！　あのような物を異民族が操るなどと聞いたことがない！　ドラゴンゾンビを使役するなど、それこそ四百年前——伝説の時代の出来事ではないか！」

少年はしばし何かを考え、そしてため息をついた。

「確認しておきますけど、あの辺りに民家はありませんよね？」

遠くドラゴンゾンビの飛んでいる方角に向けて少年は掌を向けた。

「あ、ああ。確かに民家はないが？」

「良かった、これで安心して本気を出せる」

「ほ、ほ、本気？　君は先刻……見事な剣舞を演じていたではないか？　まさかアレが本気ではなかったと？」

「いいえ、本気でしたよ」

　そして少年はニコリと笑って言葉を続けた。

「――剣ではね」

「き、き、君は一体何を……するつもりなんだ？」

　ゾクリと、私の背筋に冷や汗が走った。

　そのまま少年は右掌を掲げ、ただ一言「レベル10：雷神皇《エフタル》」と言葉を告げた。すると大空に文字通りの――

　――雷神が出現した。

　そして、一撃の下に全てが粉砕されたのだ。

　ドラゴンゾンビを中心に、範囲内の樹木がゴミクズのように吹き飛び、飛び散り、あるいは焼け焦げる。

　そう、全てが破壊されていく。

　土は抉《えぐ》れ、土砂が舞い、終末を告げるラッパ――轟音《ごうおん》が肺の奥底に響く。

地上最強の下等生物と呼ばれる龍が。

一国の騎士団でも討伐が難しいといわれる古代龍の不死者が。

龍の軀《からだ》が、ただの一撃で吹き飛んでいく。

羽虫を払うがごとく、ただ少年が掌を掲げただけで、焼け焦げた肉片と化すまで……それは、ものの数秒の出来事だった。

――理不尽。

そんな言葉が頭に浮かぶ。

そう、その純粋な暴力は戦慄だけではなく、ある種の崇拝の感情すらも私に湧き立たせるものだった。

「どうしたのですか?」

気が付けば私はその場に跪《ひざまず》き、天に向けて祈りをささげていた。

いや、天に向けてではない。神などいない、もう捨てた。

だが、神はいたのだ。天にではなく、この地上に。

今、私が祈りを捧《ささ》げているのは戦の神。

そう――眼前の鬼神に向けて……だ。

サイド：エフタル

うっわ……やっちゃったよ。

いや、ドラゴンゾンビをこちらの被害なく仕留めるなんて、レベル10くらいしか無理だから仕方ないんだけどさ。

アンガスさんは涙を浮かべて跪いているし……うわぁ……何か祈っちゃってるよ。

うん、これは不味《まず》い。

そういえばエフタルって名前と身元は警備隊長には既に身バレしてるんだよね。いやはや、これはどうするべきか。

洗脳魔法でもかけて記憶を消去……いや、僕の扱える記憶操作じゃ一時的なもので根本的な解決にならない。

はてさて、本当にどうするべきかと思っていたところで、砦《とりで》から悲鳴が聞こえてきた。

「って、まだ何かあるのっ⁉」

僕はアンガスさんを抱えて、飛翔《ひしょう》魔法で空を飛びあがる。

「と、と、飛び上がったっ⁉　いや、君なら当たり前のことかもしれないね。たとえ君が翼を生やしたとしても……私はもう驚かないよ」

「ええと、何ていうか……レベル5の飛翔魔法ですので特別なことではありません」

「レベル5を特別ではないと⁉　はは、ははっ！　流石だね！」

さあ、いよいよ不味いぞこの反応は。

まあ、とりあえずアンガスさんのことは一旦保留だね。

僕は気配消しと光学迷彩の魔法を施し――まあ、今更感もあるけれど、一応は目撃者を増やさない配慮をしながら――そのまま砦の壁の上に降り立ったんだ。するとそこでは
――

「ははは一っ！　焼かれなさい！」

ん？　どういうことだ？　何でエドワーズがアナスタシア達と戦っているんだ？

っていうか、彼らが砦から逃げ出したのは僕も横目で見ていたんだけど……？

いや、そんなことはどうでも良いか。それよりも重要なのはエドワーズの腹だ。

「エフタル！　何なのよコイツっ！　しかも微妙に強いし！」

「ご主人様！　コレ……私よりも卑怯《ひきょう》な手ばっかり使ってくるんですよ！」

「……ぶっちゃけ弾切れ」

シェリルは高速で動き回りながら範囲魔法を放っていたからね。

むしろここまで良く魔力がもったと褒めてやりたいくらいだ。

しかし、アナスタシアとマリアの二人を相手にしても手こずらせるとは、やはりAラン

クの称号は伊達《だて》ではないということか。

「あ、貴方《あなた》はあの時の少年っ！　ここに何故《なぜ》かつての奴隷がいるのかと訝《いぶか》しんでいましたが……なるほど、今の主人は貴方ということのようですね！　人から奴隷を奪うだなんて恥を知りなさい！」

「アナスタシアは先ほど貴方のことをコレと言いました。つまり……かつての主人とは認識すらできていないようですが？」

「認識すらできていない？　何を言い出すのです！　この奴隷と別れたのは数か月前です、私の顔を忘れるなんてことはありませんっ！」

「いや、顔を忘れたというような問題ではないと思うんですよ」

「本当に……何を言うのですか？」

「だって貴方、ゾンビ化していますよ？　その顔じゃ誰が誰なんて普通は分かりません」

　まあ、見たまんまだ。

　腹から臓物を垂れ流し、顔がグチャグチャになり、出来立てホヤホヤの動く死体が今のエドワーズの姿である。

　僕は彼の魔法のクセからすぐに分かったんだけど、アナスタシアたちにはエドワーズはリッチ系統のアンデッドにしか見えていないだろう。

「レベル６：聖域浄化《ターンアンデッド》」

パチリと指を鳴らすとエドワーズは銀色の神聖色に包まれ、そのまま活動を停止してドスリと倒れた。

　これにて一件落着といってほしいけれど、そうは問屋が卸してくれないだろうね。

「で、どういうことなんだいアナスタシア？」

「……と、と、突然……あそこからゾンビの群れが現れて……」

　見ると砦内の石畳の道に穴が開いていて、そこからゾンビが次々と這《は》い出してきていた。

　どうにも、先ほど逃亡した冒険者たちの死体も複数含まれているようだ。

　で、あの穴だね。

　この手の建物は最悪の場合を想定し、砦内から外部に逃走するための秘密の通路がある場合が多い。

　警備隊長たちはあそこから逃げる予定だったんだろうけど、どうやら今回はそれを逆手に取られたようだ。

「ちなみにマーリン？　警備隊長は？」

「氷結魔法で火を止める前に、別の穴から一人で逃げ出したようですね」

「どいつもこいつも……ロクでなしばっかりじゃないか」

　冒険者にエドワーズあり、正規兵に警備隊長ありってところか。

　まともなのはアンガスさんくらいって、この国は本当にどうなってるんだよ……と、それはさておき。

　ゾンビの群れの中心には真紅のオーブを持つ異民族の姿が見える。

　どうやら、僕たちの目標はアレらしい。

「なるほど、冥界の宝珠《スカーレットオブハーデス》の使い道はドラゴンゾンビと……今のこのゾンビたちってところかな」

　僕の言葉にマーリンが大きく頷《うなず》いた。

「しかし、本当に……ドラゴンゾンビすら使役するような冥界の宝珠《スカーレットオブハーデス》を……どうして異民族が……？」

「ここはオルコット公爵領のすぐ近くだよマーリン。その魔道具を持っている、あるいは精製できる可能性がある人物が二人……公爵領にいるはずだよね？」

「サーシャ様と……」

「そう、炎神皇《クリフ》だ。奴は学院全体の人間の魂を集めようとしていたし……屍霊術とは関係が深いはずだしね」

　そこでアンガスさんがその場で立ち尽くし、プルプルと震えていることに僕は気が付いた。

「あ、あ……アレは……」

「どうしたんですかアンガスさん？」

「連中の率いているゾンビ……アレは私のかつての部下の着用していた鎧《よろい》……？」

「確かその方々は以前に砦を守るために全滅したはずでは……？」

と、そこまで言って僕は気が付いた。

確か遺体は回収されたという話で……なるほど、そのために異民族は遺体を持ち帰ったということか。

「これはいよいよ胸糞《むなくそ》が悪い話だね、マーリン」

「どういうことでしょうかエフタル様？」

「冥界の宝珠《スカーレットオブハーデス》は数千の単位でのゾンビを支配下に置くことができるって話だよね？　異民族が国境の色んな地帯で活発化しているのも、この砦を落としたのも……全ては素材を集めるための可能性が高い」

「つまりは異民族は不死者の軍勢を作ろうとしている……と？」

「可能性の話ではあるけどね」

「エフタル様、どうなさるおつもりで？」

マーリンの言葉に僕は小さく頷いた。

「戦場で散った勇敢な兵士たちの尊厳をこれ以上踏みにじらせる訳にはいかない。広範囲の浄化魔法で一刻も早く天に昇ってもらおう」

と、僕は掌《てのひら》を掲げて、浄化魔法の術式を組み立てた。

この規模のゾンビの群れなら、レベル9で何とかなるはずだ。そして僕はゾンビに何らかの浄化をレジストする魔法がかけられていないかを遠目で確認して……少し考えてから、術式の構築を中止した。

「アンガスさん、一緒にあちらに向かいましょう」

「向かうとはどこに？」

「あのゾンビ……いや、兵士たちのところにですよ」

何事かと狼狽《ろうばい》するアンガスさんを担ぎあげて、僕は飛翔魔法で再度空を飛んだ。

兵士たちの数は百人と少し……か。

元が絆《きずな》で結ばれた兵士たちということで、彼らは散開せずに集団で固まってくれているね。

それにこの人たちは体の損傷がエドワーズに比べると異常に少ない。

恐らくは殺されるにしても再利用するために損傷をなるべく少なく……といったところだろうか。

「うん、これなら取りこぼしは無さそうだ」

と、着地したところでアンガスさんが悲鳴に近い声をあげる。

「こ、こ、こんなところに私を連れてきて……な、な、何をするつもりなんだ？」

「語りかけてみてください。意思疎通をすれば彼らは止まるはずですよ」

僕の言葉で、アンガスさんはしばらく呆《ほう》けた表情で固まって大口を開いた。

「ゾンビとなり果てた人間と意思の疎通？　そんなことができるはずが……」

「いえ、できます。僕が手助けをすれば必ずね。国のために戦った勇敢な兵士たちの最期の願い――できる手助けは最大限に行うつもりです」

「何を言って……いや、君ならば……本当にできるというのか？」

「ええ……彼らにも貴方に伝えたいことがあるようです」

右手を軽く上げて、パチリと指を鳴らす。

「レベル9：邪法解除《アンロック》」

しかし、百人……か。

いくら僕でもこれほどの人数に同時に、不死者を操る術式の解呪を行うのは骨が折れる。

と、言うか無理だ。

四百年前の時代の超高位プリーストなんかだと簡単にこなしていただろうけど、生憎《あいにく》と僕はそっち系は本職ではない。

でも、なぜ僕がこれほどまでの人数にコレができると思ったかと言うと、彼ら自身がアンデッド化における精神汚染に必死に抵抗をしてくれているからだ。

遠隔で魔力の流れを見た時に、感じた微《かす》かな違和感。

見る限り他のゾンビたちと比べて、彼らの動きは非常に緩慢だったし、生者を襲うために目の色を変えて……という様子もなかった。

そして魔力の流れから感じたのは、アンガスさんに何かを伝えたいという強烈な念。

それは悔しさを伴う感情だったんだけど、決して恨み節による負の感情ではないことは明らかだった。

彼らを生者に戻してあげることはできないんだけれど、それでも……僕は最期まで戦った兵士たちに敬意を表し、アンガスさんに何かを伝えるための舞台を用意してあげることにしたということだね。

「あ、あ……俺たち……？」

「体の自由が利く……？」

「俺は意識はあるのに体をずっと誰かに動かされていた。お前等《ら》もそうだったのか？」

「ああ、俺もそうだよ。薄ぼんやりとした意識のまま、体だけは勝手に動き続ける感じだ」

と、どうやら正気を取り戻した兵士たちに向け、アンガスさんが語りかけた。

「お前たち……」

アンガスさんに気づいた彼らは「隊長……？」と大口を開いたままその場で固まってしまった。

そんな彼らに向けて、アンガスさんはその場で膝をついて頭を下げた。

「……すまなかった。援軍も遅れ……私はお前たちに合わせる顔が……」

そんなアンガスさんの姿に兵士たちは呆気に取られ、それぞれに顔を見合わせる。

「謝罪なんていりませんよ隊長」

「俺たちは俺たちの総意でアンタを援軍要請に出したんですよ。それが生き残る確率が一番高いとね」

「コインの表と裏、悪い方が出たからと言って後から賭け事に文句を言う馬鹿がいますかね？」

頭を上げたアンガスさんは表情に狼狽の色を混ぜる。

「し、しかしお前たち……日誌には私を行かせたのは間違いだったと、援軍なんて要らないから戻ってこいと……恨み節で……」

と、そこで兵士たちは再度顔を見合わせてクスクスと笑い始めた。

「強いて言うなら、賭けに出たことそのものを……我々は悔やんでいました。と、いうのも……いやね、異民族が思いの他に脆《もろ》かったんですよ」

アンガスさんは「はてな？」とばかりに小首を傾《かし》げる。

「脆かった……とは？」

「数に任せるだけで練度も戦術もなっちゃいない。最初に数倍の戦力差を目の当たりにして日和《ひよ》ってしまいましたが……思いのほか、我々は善戦したんです」

「それでね……思ったんですよ」と、兵士たちの一人が空を見上げた。

「隊長がいれば勝てたんじゃなかったか？　隊長の指揮の下なら何とかなったんじゃないか……それだけが心残り……でね」

「あの時、気づいたんですよ。俺たちゃ何ですか？　異民族の中じゃあ、泣く子も黙る国境警備兵と言われてるんっすよ」

「そうです。何故《なぜ》に援軍要請という道を選んだのか……ってね。俺たちは隊長がいれば負けることはなかった。隊としての全力を出せずに負けてしまった……それができなかったのが心残りです」

と、言葉を受けてアンガスさんは立ち上がった。

その巨大な体躯《たいく》は震えていて、うつむいているので目元は見えない。

いや、見えていたとしても――。

ここは見ないフリをしてあげるのが正解だろうね。

そうして僕はポンとアンガスさんの肩を叩《たた》いた。

「彼らを生き返らせることはできませんが、安らかに天に昇らせてあげることは僕にはできます。けれど――」

「けれど？」

「最後の悔いを取り除くことは、アンガスさんにしかできないことだと……僕には思います」

　懐から取り出したハンカチで目元を拭いて、アンガスさんはその場の全員に届くような大声で言い放った。

「異民族から……部下たちにここまで舐《な》められた所業をされて引き下がる訳にはいかんっ！　一緒に――剣を取ってくれないだろうかっ！」

　との言葉を受けて、待ってましたとばかりにそこかしこから歓声があがる。

「砦《とりで》内の異民族を掃討することをもって、私たちの最後の任務とする――」

　そう言いかけたところで、兵士たちからブーイングが飛んできた。

「お前たち……？」

「隊長！　最後の任務ならド派手にいきましょうや！」

「俺たちゃ泣く子も黙る国境警備隊だ！　どうせなら異民族の息の根止めましょう！」

「この体になって最初に連れてかれたのは、ここいらの異民族の拠点ですからね、地理もよーくわかってますわ！」

　アンガスさんはニカリと笑い、愉快そうに大きな体躯を揺らした。

「ならば全軍突貫！　目標は異民族の拠点だ！」

　そうして、アンガスさんは僕に「砦内はお任せします」との言葉を残すと共に、門から兵たちを率いて行ってしまった。

「彼等の手助けはされないのですか、エフタル様？」

マーリンの言葉に、僕は肩をすくめて応じる。

「それはさすがに……彼等に失礼だろう？」

その言葉で、マーリンは力なく笑って――

「さあ、残りの敵はまだ残っています。掃討を開始しましょう」

「ああ、そうだねマーリン」

龍の宝物庫

冥界の宝珠《スカーレットオブハーデス》を回収した僕たちは、スヴェトラーナの宝物庫に戻ってきた。

身バレについては、僕がオルコット公爵家の庶子だと知っているオルグレン警備隊長は戦場を見ないままに逃げ出したので問題ないだろう。

アンガスさんには口止めをしておいたし、快く了承してくれた。

あの人なら絶対に僕が不利になるようなことは公言しないのは間違いないし、そこは心配していない。

けれど、冒険者連中とか色んな目撃者がいるし、ドラゴンゾンビの死体もある。

そこについては、もうある程度仕方ないということで割り切った。

つまりは――

――大体のことをマーリンのせいにしたということだ。

アナスタシアやマリア、そしてシェリルについてはギリギリで一般人の範囲内だ。

なので、マーリンが育てた学院の秘密兵器的なことにして、僕については、直接的に決定的なところはアンガスさんにしか見られていないから、そこは大丈夫。

と、そんな感じでマーリンと愉快な仲間たち《麒麟児》という……ギリギリなところを攻めて、事件の顛末《てんまつ》は落ち着いた訳だね。

いやはや、持つべきものは有名な弟子だね。

ちなみに冥界の宝珠《スカーレットオブハーデス》については、スヴェトラーナに素直に渡し、宝物庫で保管しておいてもらうことにする。

基本路線としてはスヴェトラーナに僕が僕であると真実を明かすつもりはない。

けれど、魔法適性の治療に関係が深いらしいソロモンの鍵とやらが手に入らなくても、宝珠があれば代替可能とサーシャが書いていた以上……保険にはなるよね。

それでまあ、必要になった場合は僕が僕であると本当のことを明かせば、スヴェトラーナも嫌だとは言わないだろう。

いや、嫁とか言い出しそうだから、非常に気は進まないんだけどさ。

と、まあそんなこんなで――

「分かったわ。サーシャ様から譲り受けた資料については閲覧の許可を出してあげる。あ、でも死んじゃっても責任取れないから気をつけなさいね」

そう言って宝物庫の入口ロビーで、スヴェトラーナは奥にある階段を指さした。

「内部は階層式のダンジョンになっていて盗賊除《よ》けのトラップやら危険生物やらがたくさんいるわ。まあ、宝物庫に入るには……許可を得てもそれなりの資格がいるということなのよ」

その言葉でアナスタシアが頬《ほお》を膨らませた。

「ええ!? どこにあるかも分からないのに探してこいってことですか!?」

「これは驚いたわ。逆に問うけどお姉さんに足を運ばせるつもりだったの貴女《あなた》？」

「とはいえ……」とスヴェトラーナは言葉を続けた。

「他ならぬ後輩クンのお願いだから……どうしようかしら。でも、そっちにはマーリンちゃんがいるのよね。ここがお姉さんが素直になれない最大のネックなのよ」

そしてマーリンとスヴェトラーナは睨《にら》みあった。

まさに龍虎《りゅうこ》って感じで、並みの魔物なら二人の威圧ですぐさまに逃げ出してしまいそうな勢いだ。

「……面倒だから喧嘩《けんか》はやめてください」

「あら、後輩クンが困っている様子ね……ふふ、困った顔も可愛いわ」

よしよしとばかりに頭を撫《な》でられてしまった。

「ふふ、本当に可愛い。今後、その顔を見たくて苛《いじ》めたくなっちゃいそうなくらいよ？」

　いや、スヴェトラーナの素直で可愛い幼少期を知っているだけに本当に複雑な気分だ。

　まさかこんな性格に育ってしまうとは……と、それはさておき。

「資料は見れば分かる感じで目立つ場所にあるから、とりあえず降りていけば良いわ」

「見ればわかる？」

「ええ。それとね、実はお姉さんがこんなことを言い出しているのはマーリンちゃん以外にも理由があるのよ」

　と、スヴェトラーナは近くのソファーに座り、テーブルの上にコトリと水晶玉を置いた。

「この水晶玉で後輩クンの様子を眺めるのよ。貴方《あなた》の実力……今の時代の魔術師の可能性も見たいしね。一応、この時代の魔術師には荷が重すぎる難易度だから……どうなるか楽しみだわ」

　なるほど、そういうことかと僕は頷《うなず》いた。

「それじゃあ行くよアナスタシア、マリア、シェリル」

　と、言ったところでスヴェトラーナは大きく目を見開いた。

「足手まといのこの小娘たちを連れて行くの？　まあ、自殺行為だとは思うけれど……止めはしないわ」

「あれ？　僕は貴方の同胞《はらから》じゃなかったんですか？　そんなにあっさりと死地だと思うところに行かせても良いんですか？」

「敢《あ》えて重荷を背負って苦難を行く……まあ、男の修行ってところでしょう？　そういうのはお姉さんは好きよ……ふふ、本当に後輩クンはあの人みたいなことをするのね……」

あ、ヤバい。

どうやら過去の僕と今の僕を重ねているようだ。ここは早くダンジョン内に逃げ込んだ方が良いだろう。

「と、ともかく僕は行きますから」

そう言って三人を連れて行こうとしたところで、スヴェトラーナは小首を傾げた。

「あら、マーリンちゃんを連れて行かないの？　いくらなんでもヒヨコちゃんたちにはお守りが必要だと思うけれど？」

「まあ、私が行く必要がないからな」

とのマーリンの言葉に、スヴェトラーナは怪訝《けげん》な表情を作った。

「ふーむ……ねえ後輩クン？」

「何でしょうか？」

「危なくなったら……『助けてくださいお姉ちゃん！』って言ったら助けてあげるわ。ふふ……本当のことを言うとマーリンちゃんも行くと思ってたからこんなことを言ってる部分もあって……可愛い後輩クンを見殺しにするのも、実のところ忍びなくてね」

いや、スヴェトラーナ相手にそんなことを言ったらマーリンに一生笑われてしまうだろう。

　仮に本当に危険が及んでも、それだけはありえないな。

「その機会は訪れませんが、お気持ちだけ受け取っておきますよ」

「あら、つれないのね。でも……泣き叫ぶ後輩クンを見るのも悪くないかも。ふふ、お姉さん……そんな可愛くて情けない後輩クンを見たら……興奮して疼《うず》いちゃうかもしれないわ」

　妖艶に身をくねらせてスヴェトラーナはこちらに熱視線を送ってくる。

　しかし、本当に色っぽいな……昔の可愛《かわい》らしい彼女を知らなかったら、あるいは色気にクラっときていたかもしれない。

「まあ、ともかくいざとなったらお姉さんを頼りなさいな。後輩クンのことは本当に可愛い後輩クンって思っているから死んじゃったら悲しいしね」

「いや、この方にその必要はないぞスヴェトラーナ。恐らく……このダンジョンの難易度が、この方が本気を出さざるを得ない場合、貴様は驚くことになるだろう」

「ふむ……？」

「何言ってんだこいつ？」という風にスヴェトラーナは不思議そうに小首を傾《かし》げる。

　そしてマーリンは不敵な笑みを浮かべて、マリアとアナスタシアとシェリルまでもが余裕の微笑を浮かべている。

いや、何かみんながその路線を想定してるみたいだけど、僕は本気出すつもりはないんだよね。

スヴェトラーナは人死には出すつもりはないようだし、今回のこれはアナスタシア達の経験のためにやるという趣旨もあるんだから。

と、いうのも異民族たちとの度重なる戦闘で「自分は強い」と調子に乗り始めている頃合いである懸念があるんだよねこの子たち……。

☆★☆★☆★

「し、し、死ぬ！　死ぬって！　助けなさいよエフタルっ！」

「即死だけは避けてねマリア！　死んだら流石《さすが》に治せないから！」

「ご、ご主人様！　それはいくらなんでも酷いんですよ！」

さて、僕たちがいるのは龍の宝物庫の五階層だ。

ダンジョン内だと言うのに森林地帯という、なんとも不思議な感覚の場所だね。

けど、龍の宝物庫……そもそもダンジョンっていうのは昔から訳が分からないものの代表みたいなものだ。

だから、そこにツッコミを入れても仕方がない。

ちなみに、アナスタシアとマリアは一階層ではオークバーサーカー五体に囲まれて殴り倒された。

そして、僕が回復魔法で援護しつつ、それはもうボコボコにされつつの長期戦の泥仕合になった。

二階層でもエビルデーモンにボコボコにされて、これは半殺しを超えて全殺し直前までいったので、ちょこっとだけ攻撃魔法で援護してあげた。

で、三階層では五百を超える川馬《ケルピー》の群れに追い掛け回されていたね。

それで四階層はアナスタシアの機転が利いて……罠《わな》にはまって動けないミノタウロス四体を一方的にタコ殴りにした訳だ。

――そして現在の五階層。

今、彼女たちは食人樹木《トレント》のツタに囚《とら》われて宙づりの状況。更に言えば複数の――

――アシッドスライムにまとわりつかれて服を溶かされている。

半裸の状態で、下着までもがかなりの部分溶かされちゃっているね。

若い女の子がアラレもない状況なので、色々とマジマジと眺めるのもあんまり良くない感じだ。

けど、まあ目を背ける訳にはいかないよね。

何だかんだで流石に死ぬ手前では助けてあげるつもりだし。

「くっそ……私はこんなところで溶かされて終わる訳にはいかないのよっ！　レベル４：大爆破《エクスプロージョン》」

自身を起点とした爆破魔法。まあ、この状況では悪くない一手に見える。けれど——

「効かないっ⁉」

スライム系は魔法耐性が高いからね。

スライムって言ったら、日本のＲＰＧなんかでは雑魚の代名詞だよね。

けど、海外ゲームでは実は強敵だったりするわけだ。

そして、この世界ではスライムといえば冒険者キラーと言われていたんだよね。

確か、四百年前はスライムは冒険者になって調子に乗っている頃に……返り討ちにあってしまうことが多い難敵とされていたはずだ。

と、いうのも大体の場合、スライムは食人植物みたいな設置型の罠のタイプの魔物――

まあ、今みたいな食人樹木《トレント》なんかと組んでいる。

この場合でいうと、まずは食人樹木《トレント》が相手をツタで巻き取って動けなくする。

そして、スライムが相手を溶かして食べた後に、食人樹木《トレント》に魔力を供給して……みたいな共生関係ってところだ。

その性質上、スライムは奇襲や罠のような搦《から》め手とセットになっていることが多くて、これが良くないわけだね。

まあ、罠にハマって、気が付けば……みたいなパターンで死者が後を絶たなかった。

つまるところは、経験が薄く力に頼りがちな、若い冒険者なんかがスライムの格好の餌になってしまったってことだね。

「レベル５：金剛神力《マッスルパワード》！」

しかし、勘が良いよね二人とも。

魔法耐性が高いと見るや否や、咄嗟《とっさ》に身体能力の一時的超強化に切り替えたか。

この魔法はマーリンの神域強化の入門編みたいなものだ。

使用後には常時の方の身体強化が弱体化するんだけど、火力は出る。

で、彼女たちは精一杯にその場で手足を動かしてもがいて、ツタを引きちぎった。

「良し、脱出成功！」

そうしてマリアはまとわりついたスライムを力任せに引きはがしながら、脱兎《だっと》の如《ごと》く逃げ出して距離を取った。

「さあ、食らいなさい！」

ま、お得意の火矢の連打で反撃の狼煙《のろし》をあげたってところか。

アナスタシアも広域の火炎魔法で援護もしているし、食人樹木《トレント》とアシッドスライムとの戦闘については雌雄を決したというところだね。

スライムも食人樹木《トレント》も動きが鈍いというか、食人樹木《トレント》に至っては動くことさえできない。

まあ、距離さえとってしまえばどうということはない。

あ、ちなみに二人はここ最近は物凄《ものすご》い集中力で日課の魔法の修練をしているんだ。

シェリルがレベル5を使えるという事実で火が付いたのと、ここ二週間ほどの異民族との戦闘を含めて実践の中で思うところがあったのが理由らしい。

おかげさまでメキメキと才能を開花させ、ついにはレベル5の下級魔法領域まで到達したんだよね。

魔法以外の戦闘も板についてきてるし、実力的には四百年前でも一端の冒険者のレベルには到達しているだろう。

と、まあそんな感じで一方的な攻撃を眺めながら待つこと数分程度。

憔悴《しょうすい》しきった表情で、アナスタシアとマリアがこちらにヨロヨロと歩いてきた。

「本当に無茶《むちゃ》させるわね……」

僕とシェリルが外套《がいとう》を投げると、それぞれ受け取って半裸となった体に巻き付ける。

「まあ、必要なことなんだから仕方ない」

「でも、これだけの思いをしたんだから強くなれるよね？　一気にレベル6とか使えるようになるくらいの特典は当然あるんでしょうね？」

「え？　そんなのないよ？」

僕の言葉で二人はフリーズし、大きく大きく目を見開いて口をあんぐりとさせる。

「ちょ、ちょっと……アンタ何言ってんの？　これだけの死線を渡らせてるのに？」

「強さというのは気の遠くなるような反復訓練の先に、一歩ずつ昇って地道な作業の果てに得るものだよ。死線を幾ら超えようが、そんな経験だけじゃ強くなれない。千の効果的な訓練は千の実戦に勝るというのが本当のところだよ」

「じゃ、じゃあどうしてこんなことさせるの？　ここに入ってから何度も死にかけてるわっ！」

勿論《もちろん》、意味はある。

確かに彼女たちは異民族との戦いで実践は積んでいる。けれど、死線を超えてはいないんだよね。

と、いうのも……真面目な話、相手との力の差がありすぎたんだ。

「君たちに本当の危機が訪れた時に、こういう経験をしておかずに対処できるはずがないだろう？」

「どういうこと？」

「危機的状況の中で訓練通りの動きができることが重要なんだ。現にマリア？　君は僕無しで……あの砦《とりで》で実力が出せていたと思うかい？」

「ハァ？　そんなの当たり前でしょう？」

「無残な姿になった死体を見て青ざめていたよね、もしもあの時、劣勢になって君の身に危険が迫っていたら、恐怖に負けずに普段通りに力が出せると断言できる？」

　そこでマリアは何やら考えて、シュンとした表情を作った。

「いや、それは……」

「死線を超える経験を積むっていうのはそういうことなんだよ。だから僕は君たちにギリギリの戦いをさせて酷い目にあってもらっている訳だ」

「じゃあ、アナスタシアはどうだっていうのよ？　この女は最初から肝が据わってると思うんだけど？」

「アナスタシアの場合は、敵と対峙《たいじ》する覚悟ということそのものを学んでもらっているんだ」

「敵と対峙する……覚悟なんです？」

「君の場合は不意打ちに特化しすぎている。敵と出くわしても、よほど相手が弱い場合じゃないと……まずは逃げることを頭で考えるだろう？」

「それは……そうなんです。はい、そういうところはあるんです」

「基本的にはそれで良いんだけど、あまりにもそれに特化して柔軟な思考ができていない。逃げ続けて逃げ続けて、最後に辿り着くのは死亡確実の袋小路なんて……そんなこともあるから」

「なるほど。あの、その……ご主人様？　それじゃあシェリルちゃんは？　どうしてこの子はエフタル様の横でのほほんとしているんですか？」

「シェリルは子供だからね」

「……ん」

二人に向けてVサインを作ったシェリルの頭に、僕は掌《てのひら》をポンと置いてやる。

「えええ!?　それはズルいんです！」

アナスタシアが抗議の声をあげるけれど取り合わない。

まあ、アナスタシアとマリアに教えたいことは、要は自分の命を俯瞰《ふかん》した位置から眺めるってことだ。

その感覚を肌で覚えてほしいということになる。

恐怖なんかの負の感情に惑わされずに、冷静に考えて何が生き残る可能性が一番高いのか……。

例えば、致死性の毒を手の指先に食らった時に、迷わず即時に肘から先を切断する決断ができるか否か。

そういう風に見る目を持ってほしいということだね。

そういう判断は、ある意味では人間性を捨てて貰わないとできないことだ。

その意味においては、あの砦の冒険者たちにアナスタシア達は劣っているだろう。

で、正直な話……この前の砦で気づいたんだけど、シェリルは精神的に既にそういう覚悟が完了しているフシがある。

精霊の血がさせるものか、幼少期からの悲しい生い立ちがさせるものか……感情のどこかが壊れているとでも言うか。

眉一つ動かさず、心を一切乱さずに異民族を魔法で焼いてたしね。

まあ、変わり者といったところだろう。

「しかし、どこまで降りれば良いんだ……」

「……分かる形で置いてあると言っていたよね？」

既にダンジョンを降り続けて半日は経過している。

野営の準備もないし、野宿だけは勘弁したいよね。

まあ、一から現地調達もできないこともないけどさ。

と、僕たちは森の開けたところというか、湖と草の地帯に足を踏み入れた。

で、そこには大きな石碑が置かれていて、その横の地面に次の階層へと続く階段が見えたんだ。

「まあ、この石碑位わかりやすく配置してくれていないと、見落とす可能性もあるよね」

石碑を眺めてみると、どうにも文字がかすれて見えない。

野ざらしで数百年くらいって感じかな、と、まあそれはさておき。

「スヴェトラーナも鬼じゃない。何日も時間がかかるなら最初に言ってくれているはずだろうし……そんなに残りの道は長くないはずだ！　さあ、もうひと踏ん張りだみんな！」

「……ま、まだやるの⁉」

「もうヘトヘトなんです……足ガクガクで……お慈悲をくださいなんです……ご主人様……」

「ダメ。疲れたからと言って戦場では敵は待ってくれないよっ！」

「……普段は優しいのに鬼だわ……この男……」

「……うう、私は優しいご主人様が好きなのに……」

「優しいと甘いは違うからね」

「マーリン様から聞いたんですけど……昔は雷神皇《カミナリサマ》って弟子に悪口言われてた理由が少し分かるんです。少しは丸くなってコレだと思いますから……」

と、まあそんなこんなで——。

二人は涙目になって階段へと歩き始めたのだった。

サイド：スヴェトラーナ

――ズシ――ィン。

――ズシ――ィン。

爆発音が響き渡り、襲い来る断続的な揺れに私は思わず叫んでしまった。

「え？　え？　どういうこと!?　どういうことなのっ!?」

私はさっきまでマーリンちゃんと一緒に水晶玉で、彼らの様子を眺めていたのよね。

で、黒髪の少年とその一行は……サーシャ様が寄贈してくれた五階層の石碑をスルーしちゃったのよ。

そうして更に下の階層へと下り始めたんだけど――。

あの階層までは……危険すぎるということでセキュリティのレベルを下げておいたんだけど、まあ、当然私は驚いた。

私としても本当にあの子たちを殺すつもりはなかったしね。

だから、ほぼ死亡が確定するような六階層以下に足を踏み入れられても困ると……そりゃあまあ、本当に焦りに焦ったわ。けれど――

――そこからが凄《すご》かった。

六階層に降り立った早々。

小娘たちを即死させてしまう古代の魔物が現れた瞬間に、後輩クンの雰囲気が変わったのよね。

『スヴェトラーナ……話が違うぜ！　完全に殺しに来てるじゃねーか！　マリア！　アナスタシア！　シエリル！　俺から離れるなよ！　絶対にだ！』

『レベル7：絶対氷結《コキュートス》！』

『クソっ！　魔法耐性が固えっ！　これならどうだ――レベル8：雷神撃《トールハンマー》！』

瞬く間に古代の魔物を後輩クンは屠《ほふ》り、私はレベル8を扱うその姿に、衝撃のあまりに大きく目を見開いちゃった。

――いや、でもこの子は龍帝の覇気に耐えた子よ。想像以上だけれどこれくらいはできてもおかしくないわ。

そうして私は、とりあえず即死は無さそうと安堵《あんど》して紅茶のティーカップに口をつけたのよ。

『新手か！　しかしとんでもねえ数だ……面倒だな——レベル10：雷神皇《エフタル》！』

で、ブーっとばかりに、紅茶をその場で吹き出してしまったの。

絶対にやると思ったよとばかりに、対面のマーリンちゃんは転移魔法で私の紅茶を躱《かわ》し、ただただニヤニヤとこちらに向けて笑っていたのよね。

「ちょっとちょっと！　どういうことなのマーリンちゃん!?　こ、こ、こんなの聞いてないわよ!?」

「ああ、そうだろう。なにしろ言ってないからな」

まあ、そこから先は後輩クン無双だったわね。

無人の野を行く如《ごと》く……とは、あのことだったわ。

なんせ、超高位の魔物たちをちぎっては投げ、ちぎっては投げの爆速で階層を降りていったのだから、そりゃあもうビックリよ。

で、最終階層に辿《たど》り着いて『どーなってやがんだよ！　サーシャの資料がねえぞっ！』と怒れる鬼神となった彼は、再度……超高位の魔物たちをちぎっては投げ、ちぎっては投げて……猛速で階層を上がり始めてしまったの。

「だからこんなの聞いてないわよ！　何なのよあの子っ!?　レベル10使ってたわよっ!?」

「そもそも、聞いていないのはこちらも同じだ！　あのような場所であれば私も付き従っていた……エフタル様ですら手傷を負う可能性がある難易度だぞアレはっ！」

「マーリンちゃん？　い、い、今……貴女《あなた》……何て言ったの？」

「エフタル様と……そう言った」

「……あの名前は冗談じゃなかったの？」

「逆に問うが、冗談でその名前を、私が他の誰かに名乗らせることを許すと思うか？」

　しばしの、沈黙。

　幾ばくかの、逡巡《しゅんじゅん》。

　固まる私に『ようやく気づいたのか馬鹿者め』とばかりにマーリンちゃんは大きく頷《うなず》いた。


　――ドクン。


　心臓が思わず高鳴ってしまった。

　ああ、だから……か。私はいつもあの人を見かけると、全てに優先して一目散にあの人に駆け寄った。

　そして、そして――

——ぎゅーっと、満面の笑みと共に思い切りに抱きしめていたのだ。

だから、ほとんど無意識的に、私はあの子に抱き着いてしまっていた。

頭では理解していなくても、本能はあの子をあの人だと……そういうことなのだろう。

「ふふ、そりゃあ……後輩クンを見て、反射的に抱きしめてしまうのも無理はないわね」

と、そこでマーリンは私にハンカチを差し出してきた。

「何？」

「涙を堪《こら》えるな。恥ずることはない……私も泣いた」

「ああ……」と堰《せき》を切ったように涙があふれ、零《こぼ》れてくる。

嬉《うれ》しい時に涙が出るというのは、本当のことだったのだ。

「それで良い。私と貴様は遠慮するような仲でもあるまいしな」

「……本当にマーリンちゃんは変わらないわね」

「エフタル様に言わせると、私も貴様も大分と変わったようだがな」

ああ、ダメだ。

言葉が出ない。もっとあの人を見たいのに——

――涙で水晶玉が見えない。

私の大好きだったエフタル様。

私の師でもあるエフタル様。

遠い日の約束、あの時から今も変わらず、ずっとずっと慕い続けてきたエフタル様。

「少し……待って……」

大きく大きく深呼吸。

少しだけど、心の動揺が解けていくのが分かる。

と、なると……現在の状況認識も少しだけど冷静にできるようになる訳で。

「しかし、本当に怒っているわね」

「ああ、あの方が身内を危険に晒《さら》されると容赦がないのは知っての通りだ。貴様が意図したことではないだろうが、覚悟しておいたほうがいいぞスヴェトラーナ？」

「この怒り方は……昔ならお尻叩き百回……かしら？」

「いや、これは三百回コースもありえるぞ」

「ふふ、あれって本当に痛いのよね。昔、錬金釜にイタズラをしたら『人死にが出ることもあるんだぞバカ野郎！』って……」

「ああ、私も似たような経験がある。一晩泣き腫らしたこともあるくらいだ」

と、そこで水晶玉を眺めて私は息を呑《の》んだ。

来る……もう、既にあの人は一階層とここにつながる階段まで戻ってきている。そして

――

「スヴェトラーナ！　昔のお前は嘘《うそ》だけは言わない奴《やつ》だった！　どーなってやがんだよこの顛末《てんまつ》はっ！」

水晶玉を通してではなく、私は四百年ぶりに怒りの雷神皇《カミナリサマ》と対面したのだった。

サイド：エフタル

「お尻叩き三百回はしてくれないの？　エフタルちゃん！」

「いや、それはしないよ」

「お願い！　お願いだからお尻叩きをっ！　後生、後生だからっ！」

と、そのやり取りを聞いたマーリンはしばらく何かを考えているようだ。

そうして、しばしの後、ドン引きした表情になった。

そのまま「あー、貴様はそうなってしまったのか……」と、残念なものを見る視線を……ただただスヴェトラーナに向け始めた。

で、俺の方の僕も――

――私は貴方《あなた》の嫁よ。あと、四百年も生きてるのだからもう私の方が年上なのよ。だから……親愛を込めて貴方のことをこう呼ばせてもらうわね……エフタルちゃん！

との、開口一番のスヴェトラーナの言葉を受けて、「あ、あとお前に任せたわ」的に引っ込んでしまったのだ。

「とりあえずエフタルちゃんは気が抜けるから……せめて後輩クンあたりで手を打ってくれないかなスヴェトラーナ……」

「……分かったわ」

ムスっとした感じで不満げなスヴェトラーナだった。

けど、どうにも扱いにくいねこれは。

元々は龍帝の娘で、かつての僕の身分は人間の公爵で……まあ、身分はあちらが上だ。

しかも、僕の転生前の地球も含めた全年齢を足しても向こうが年上だ。

なので、エフタルちゃん扱いも一理あるっちゃあ、一理あるんだよね。

「で、サーシャの研究資料なんだけど……五階層の文字が読めない石碑のことだったの？」

「ええ、話のとおりとすると風化していたのかもしれないわね。なんせ私がここを管理する前……先代の時代、四百年も昔の話だから」

「四百年……前？」

「ええ、後輩クンが亡くなった直後の話よ」

だとすると炎神皇《クリフ》が魔法適性理論を確立させたのと同時期か？

いや、ひょっとするとサーシャは炎神皇《クリフ》より以前から色んなことを知っていたということか。

でも、メイドさんの話だと治療法を確立したのは最近の話だったような……。

ともかく、資料が風化して解読不能なのは本当に困ったもんだね。

「不味《まず》いねマーリン。振り出しに戻ったようだ」

「ええ、もう少しのところまで来ていたのですがね」

さすがにコレは……。

意気消沈という言葉以外が出てこない。

ようやく魔法適性治療の核心に触れることができそうだったのに……。

と、そこでスヴェトラーナは不思議そうに尋ねてきた。

「でもね後輩クン？　どうして貴方はあんなものを見たがるの？　アレは公爵領の子供なら誰でも知っている童話の話よ」

「童話……？」

「ええ、君たちの《資料》って言い方も変だなと思っていたのだけれど、あれは雷神皇について語られた英雄譚《たん》の御伽噺《おとぎばなし》じゃないの。今は作者不詳でオルコット公爵領で語り継がれているものよ」

――作者不詳の英雄譚の御伽噺。

それなら僕も知っている。

というか、公爵屋敷に何冊かあったはずだ。

先祖を称《たた》えた物語なので、その手のモノは開祖ゆかりの資料として一室のスペースが設けられているんだ。

勿論《もちろん》、そこには童話も含めた伝承の類も保存されているしね。

「マーリン、どう思う？」

「恐らく、暗号化の類かと思われます」

魔術師は研究資料を保護するために、自身の身内だけに分かるように文章に暗号化を施すことがある。

暗号の解法は口伝でのみ伝えられ、当然ながらサーシャの弟子である僕も……その手のレクチャーは受けている。

「それで、サーシャが広く公にバラまいたということは……」

「何者かに奪われる可能性を危惧したということでしょう。あるいは自身に危険が迫った際に……例えば、この場合であればエフタル様がそこに辿《たど》り着くことを見越して」

「公には発表はできないけれど、伝えるべき者には伝わるような処置……か」

事実、そういう状況になっているのでマーリンの考えは信ぴょう性があるね。

「しかし、堂々巡りに周りに回って……公爵屋敷に答えがあるなんて」

灯台下暗しとはまさにこのことだ。

呆《あき》れて苦笑する僕にマーリンも肩をすくめて笑った。

「ならば、当初の予定通りに向かいましょうか……今世のエフタル様の生誕の地に」

「ああ」と頷いて、僕はスヴェトラーナに問いかけた。

「それでスヴェトラーナはどうするの？」

「あら、後輩クン？　嫁は家で主人の帰りを待つっていうのが龍人《りゅうじん》族の習わしよ。宝物庫の管理もあるし……ここを空けるにして数日が限界というところなのよね」

一夫多妻制だから、龍人族はそういう文化なのだろうか。

ともかく、マーリン以上の暴走機関車である可能性を抱えているスヴェトラーナが押しかけ女房みたいにならなくて良かったよ。

「けれどまあ……お姉さんも後輩クンに甘えたい気持ちもあるのだから、あんまり寂しい思いはさせてあげないようにしてね」

「まあ、君も僕にとっては他人ではないからね」

その言葉でスヴェトラーナはしばし固まり、頬《ほお》を染めて小さく頷いた。

「うん、そりゃあそうよね。だって、後輩クンが旦那様で……お姉さんが嫁なのだから」

「そういうことだ」と言いかけて「いや、嫁にした覚えはないからねっ⁉」と僕は慌てて訂正したのだった。

「でもね、後輩クン？」

「ん？　何だいスヴェトラーナ？」

「お姉さんが正妻ってこと……忘れたら……怒っちゃうんだからね」

ああ、ダメだこの子。

聞いちゃいない、僕の言葉なんて届いちゃいない。

そうして僕は深くため息をついて――

「まあ、僕を好きでいてくれることはありがたいと言っておこうか」

「でもね、後輩クン？」

「ん？　何だいスヴェトラーナ？」

「龍人族は長命なのよ。長く生きるって思いのほか――辛《つら》いことも多くてね。生きることに飽いて、龍人族の死亡原因のトップは自殺って話を知ってるかしら？」

「長命族にはありがちな話だよね」

「正直な話、長い間……弱体化した人間の汚い部分ばかりを見てきて、色んなことに失望して、もう……色んなことに疲れている部分もあったのよ」

「でもね」とスヴェトラーナは微笑《ほほえ》んだ。

「キミと再び会えたから、長生きも悪くないって思えたわ。だから――」

そのままスヴェトラーナは僕に抱き着き、こう言ったんだ。

「これからもずっと私の一番の想《おも》い人でいてね、後輩クン」

雷神、実家に帰郷す

「ええええ！　兄さんと母さん……デキちゃってたのっ⁉」

あの後、結局。僕たちはスヴェトラーナを龍の宝物庫に残すことにした。

いや、本当にあんなのに同行されたら大変というか、面倒も良いところだしね。

とはいえ、昔《むかし》馴染《なじ》みではあるので、たまには顔を出すつもりだけどさ。

と、とにもかくにも、ようやく僕たちは実家というか、公爵屋敷に到着した。

それで、手紙で帰郷は伝えていたので、セシリア姉さんも含めて応接間で歓迎を受けることになったんだよね。

けれど、挨拶もそこそこに結婚指輪を薬指に嵌《は》めた母さんが――

「フレイザー様と結婚しました」

突然の告白をしてきた。

そして固まる僕に向け、横に座る兄さんが照れ臭そうに小さく頷《うなず》いたんだ。

「そういうことに……なりました」

いや、よくよく考えれば思い当たるフシもある。

セシリア姉さんは僕のことが大好きすぎたので、母さんと二人暮らしをしていたあの家にひっきりなしに訪ねてきていた。そして——

——兄さんも物凄《ものすご》い勢いでウチを訪ねてきていたんだ。

金に汚い父親を見るに見かねてという話で、個人的に僕たちの生活費の援助もしてくれていたりと……そういう感じで家に来ているという話もあったり……。

兄さんは優しい人だ。

なので、金銭的に窮している弟を救うという気持ちがあったのは間違いない。

うん、それはどう考えても間違いはないんだ。

けど……まあ……それ以外にそういう事情が裏にあったのも否定はできないんだろうね。

——つまりは裏ではこっそり……フレイザー兄さんと母さんが……デキていたと。

で、まあ息子の僕としては、何だか幸せそうな二人を見せつけられても反応に困る訳で。

兄さんと母さんは血もつながっていない。

姉さん女房にはなっちゃうんだけども、年も近い。

二人とも美形だし、お似合いのカップルと言えばお似合いのカップルだ。


――だけど、ぶっちゃけ気まずい。


いや、それは流石《さすが》に……と、思うことは勿論ある訳だ。

「でもねエフタルちゃん？」

対面に座っていた母さんが立ち上がって、こっちにやってきた。

「え？　何……母さん？」

それでマーリンを押しのけて、応接ソファーの僕の隣に割り込むように座って……ん？

何で僕の右掌《みぎて》を両掌で包み込むように握るんだろうか？

しかも、頬を上気させ、ジっと僕の瞳を見据えてくるんだろうか？

「あのねエフタルちゃん？　勘違いはしてもらいたくないのだけれど――お母さんの本命はいつまでたってもエフタルちゃんだけよ」

「いや、貴女《あなた》もう私の妻ですよっ!?」

狼狽《ろうばい》する兄さんに向けて、母さんはピシャリと言い放った。

「それはそれ、これはこれです」

「どういうことなんですかイリアさんっ⁉」

「甘いものは別腹という言葉もありますし」

「イリアさん！　意味が分かりませんよ！」

と、そこでやはり対面に座っていたセシリア姉さんが勢いよく立ち上がった。

そうして、今度は僕の隣に座っていたアナスタシアを押しのけて、母さんとは逆サイドに割り込んできた。

そのままセシリア姉さんは両腕を、僕の左腕に巻き付くように絡ませてくる。

「お姉ちゃんの本命もいつまでたってもエフタルなんですからね！」

何というかこの二人は……ブレない。

全くといって……一ミリもブレていない。

そしてそんな強烈な状況の中、母さんに押しのけられた形のマーリンはプルプルと震え始めた。

そうしてマーリンは「スゥっ！」と大きく息を吸い込んで――

「私の本命もエフタル様だけだっ！」

「何を言っているんだいマーリンっ⁉」

「エフタル様に気安く触れるな人間風情がっ！」

マーリンの怒りの咆哮《ほうこう》……。

っていうか、何でそんなにブチ切れしてるんだろうか。

ともかく、その言葉を受けて母さんとセシリア姉さんも瞬時に顔を真っ赤にして体を震わせ始めた。

「イリアさん！　だから私は超絶美形のウルトラキュートなエフタルちゃんを魔法学院に行かせるのは反対だったのです！　案の定、こんな年増《としま》にエフタルちゃんがストーカーをされてしまって……！」

「誰が年増だ貴様！」

いや、四百歳超えてるからねマーリン。

年増というか、長齢であることは間違いないよ。

「エフタルちゃん⁉　お母さんは認めませんからね！　こんな胸が大きいだけが取り柄のヒポポタマスみたいなのとお付き合いなんて認めませんからね！　胸の大きい女はヒポポタマスだと昔から相場が決まっています！」

いや、母さん……何言ってるかサッパリわかんないよ。

とりあえずマーリンを否定しようとして目についた胸をけなしたんだろうけどさ。

そもそもヒポポタマスって……何でカバなのか意味分かんないよ……。

「ヒポポタマス……だとっ⁉　というか、それを言うなら貴様のほうが胸はデカいだろうがっ！」

まあ、母さんも巨乳だよね。

スヴェトラーナの規格外を除いて、人類レベルで言えば母さんは最強クラス……って、僕は何を考えているんだろうか。

「胸が大きかろうが、私はエフタルちゃんを愛しているというラブパワーで保護されているので大丈夫なのです！　そもそもエフタルちゃんと私が何年の付き合いだと思っているのです⁉　それを貴女みたいなポっと出が文句をいうなどと……百年早いですよっ！」

ごめん母さん。

真面目に何言ってるのかサッパリわかんないよ……。

と、その言葉でピキピキとコメカミに血管を幾つも浮かべ、マーリンは白目を剝《む》いた。

「エフタル様と私には四百年の歴史があるのだ！」

そこで母さんとセシリア姉さんは顔を見合わせてしばらく考え——息ぴったりに声をハモらせてこう言った。

「「またまたご冗談を」」

まあ、そういう反応になるよね。

「ともかく人間風情がエフタル様に気安くベタベタするなと言っている！」

そして黙っていたアナスタシアたちが、狼狽《うろた》えた表情でヒソヒソ話を始めた。

「マ、マ、マリアさん？　この場合は私たちはどうすれば？」

「黙ってなさいアナスタシア。今は嵐が過ぎ去るのをジッと待つのが得策よ」

「……ん。ぶっちゃけ何言っても徒労。この人たちは筋金入り」

と、まあそんなこんなで――。

つかの間の僕の帰郷は女同士の醜い言い争いでスタートしたのだった。

☆★☆★☆★

その日――。

公爵屋敷の資料室から童話と思わしき資料をいくつか自室に持ち帰った。

暗号化という観点から童話を読み進めると、すぐにその本だとアタリをつけることができた。

マーリンと手分けして暗号解析の作業にかかる。

開始からおおよそ十時間……作業を終えた深夜三時に僕はため息をついた。

「さて、いよいよ袋小路だ」

「ええ、そうですねエフタル様」

「……女神への道を開くソロモンの鍵の材料は……全くもって趣味が悪い」

冥界の宝珠《スカーレットオブハーデス》もまた屍霊術師のアーティファクトであり、その材質は人間の魂となる。

そしてサーシャの代替可能という記載から、ある程度の推測は立っていたのだけど、事実は予想の遥《はる》か上をいっていた。

「対象者の身近なヒト種……愛する者、あるいは親愛を抱く者、つまりは大切な者の魂ですね」

「ああ、ブラッドが道を開けたのはシェリルの姉が精霊だったからじゃない。大切な者の魂だったからだ。その悲しみによる感情の力……魂の慟哭《どうこく》が輪廻《りんね》の次元を渡る鍵となる」

クソっ！　と、ばかりに僕はその場で本を投げ捨てそうになる。

けれどマーリンが咄嗟《とっさ》に手を伸ばして僕の動きを止めてくれた。

「どうなされますか？」

「女神へと続く次元転移魔術儀式の方法も分かった！　他人の魂を材料に捧《ささ》げれば女神が

適性補正をかけてくれることも分かった！　でも、そんなことができると思うのかい!?」

「……」

「手詰まりだよ」

「私でお役に立てるのであれば……この身を捧げても構いません」

バシンと部屋に乾いた音が響き渡る。

多分、初めて本気でマーリンの頬《ほお》に、平手打ちを放ったんだと思う。

唇から血を流し、マーリンはその場で何とも言えない表情で棒立ちになった。

「二度言うな。次は拳で殴る」

「……失礼しました」

「……」

「……」

「……すまん。そして……ありがとう」

「……感謝の意は受け取っておきますが、謝罪の必要はありませんよ」

しかし、これで全てが振り出しへと戻った訳だ。

魔法適性の治療には犠牲が伴う訳で、到底その道を選ぶことはできない。

大切な者を捧げるなんてできる訳がない。

それに、他人の魂を材料に適性を治療するなんてこともできるはずがない。

冥界の宝珠《スカーレットオブハーデス》については他者の魂と代替可能ってことみたいだけど、肝心の次元の扉を開く作業に使えないんじゃ意味がない。

「大丈夫ですかエフタル様？　顔色が優れませんが？」

「……無念だよ。　落胆もしている」

前世からの悲願が、ようやく叶《かな》うと思ったらコレだ。

「でも、道がないのならば仕方がないさ。他の道で地道にやれって運命だったのだろう」

と、そこでマーリンは僕が机に差し置いた童話に視線を向ける。

「エフタル様？」

「どうしたんだいマーリン？」

「題名については翻訳を行いましたか？」

「いや、やってないけれど……」と、僕はペンと真《ま》っ新《さら》な紙をとって本の題名の作業に取り掛かった。

字数が少ないので数分で完了したんだけど、はたして真っ新な紙に書かれていた文字とは――

――ソロモンの小鍵　～転生者の女神と理想への道《ルートオブイデア》～

「理想《ルートオブイデア》への道……？」

「根源《ルーツ》ではなく？」

しばし考えて僕は小さく頷《うなず》いた。

「身近な者の魂という名の小鍵があるということは、他の何かを使う大鍵があるってことなんだろうか」

「ともかく――」と僕は小さくため息をついた。

「手がかりはここで途切れた。もう、こうなったら炎神皇《クリフ》かサーシャに直接聞いた方が早い。炎神皇《クリフ》の場合はかなり危ない橋を渡ることになるだろうけどね」

「方針をこちらから接触を図る風に変更する……と？」

「どうせ家族構成や交友関係含めて、こちらの手の内は筒抜けだろうしね。ともかく、炎神皇《クリフ》については放っておいても向こうから間接的にでも接触してくるだろう。その時に尻尾を摑《つか》んだら……次はもう放さない」

と、言葉を受けて、マーリンは小さく頷いたのだった。

☆★☆★☆★

さて、海である。

最近は戦ってばっかりだったような気がするし、色んな考え事ばかりをしていたような気もする。

アナスタシアやマリアにも精神が擦り減っている感じの疲れも見えるし――

――と、いうことで日差しの強い海である。

僕たちの国は海に面している。

それで、公爵の屋敷から二十キロ程度離れたところにそのものズバリで海があるんだよね。

この世界でも夏場は海水浴というのは普通のことだ。

日本の都会の近くの海みたいに人でごった返す……ということはないんだけど、まあそこそこ程度には条件の良い砂浜なんかには、やっぱりそこそこ程度に人はいる。

で、僕たちは公爵家の特権を最大限に利用したプライベートビーチにいるんだけど――

「ふふ、どうよエフタル！　この水着……どうよっ⁉」

ドヤっ！

と、まあそんな感じで両手を腰にやって、いつもと変わらず薄い胸をマリアが張っている。

髪飾りにハイビスカスをあてがっていて、まあ露出度が少なめの赤のビキニだ。

うん、普通に可愛《かわい》らしいし良く似合っているね。

「うん可愛くて凄《すご》く良いと思うよ」

「可愛いだけ？」

「うん、可愛いと思うよ」

僕の言葉でマリアは顔を真っ赤にして、しどろもどろになりながら頬を膨らませた。

「ビ、ビ、ビ、ビキニよっ⁉　恥ずかしいの我慢してやってんのよ！　可愛いって何なのその反応！　もうサイテーっ！　アンタってサイテー！　何なの⁉　マジでありえないんだけど！」

いや、ビキニで恥ずかしい……？

その感覚がまず良くわからないし、実際に露出控えめって感じなんだけどな。

「ご主人様！　どうなんです⁉　この水着どうなんですっ⁉」

と、こちらに走ってきたアナスタシアを見て僕は絶句した。

「ま、ま、マイクロビキニっ⁉」

こちらに向けてアナスタシアはくるりと一回転。

いや、こちらは……本当に露出が半端ない。

セクシーっていうか、露出しすぎて……品がないレベルだ。

お尻の後ろとかはほとんどヒモだ。

胸についても、布というよりも海苔《のり》みたいな感じのが申し訳程度に局部を隠している感じだ。

今すぐに何かの拍子で、布がズレて……見えてはいけない何かがコンニチワしたとしてもおかしくない。

そんな緊迫した状況となっている。

と、目のやり場に困った僕に向け、アナスタシアは「うふふ」と勝ち誇った笑みを浮かべる。

「マリアさんと色仕掛け対決ということなので……頑張ってみたんです♪」

色仕掛け……対決？

君たちは一体何を競い合っているんだ……と、僕はトホホとため息をついた。

「何なのよアナスタシア！　そんなの反則よっ！　もうほとんど露出好きのヘンタイじゃないっ！」

「勝てば官軍という言葉もあるんですよー！」

「何なのよこの露出好き！　勝てば良いってもんじゃないでしょうにっ！　ねえエフタ

ル⁉　こんなヘンタイみたいなのは流石《さすが》に駄目よね⁉」

いや、だから君たちは何を競い合っているんだ……。

で、再度のため息と共に、無意識的に僕は本音でこう答えてしまったんだ。

「いや、悪くないけどさ」

「バカっ！　ホント馬鹿っ！　もう知らない！　エフタルとか知らないっ！」

半泣きになり、敗軍の将のようにマリアは踵《きびす》を返して向こう側に走り去っていってしまった。

いや、どこに向かって走っていくつもりなんだろうとその背中を眺めていると……あ、コケた。

すってんころりんと見事にコケた。

と、思わず笑ってしまったところで、いつの間にか僕の背後をとっていたマーリンが声をかけてきた。

「ふん……小娘どもが。これこそが真の色仕掛けだっ！」

アナスタシアと僕は「パクパクパク」と、海から打ち上げられた魚のように口を超高速で開閉させる。

いや、それもそのはず——

――上……何もつけてないんですけどマーリンさん。

それは思わず弟子に「さん」付けをしてしまうようなストロングスタイルだった。

いや、ある種の武士道すらも感じさせるような、そんな潔い姿だった。

「ふふ、ビビったか小娘ども！　私に勝とうなど百年早いっ！」

しかしマーリンの胸はかなり黒ずんだ色……ハーフヴァンパイアはみんなこうなのだろうか……いや、何をマジマジと眺めているんだ僕はっ！

っと、正気に戻った僕はすぐにマーリンから顔を背けた。

「とにかく上をちゃんと着てよマーリン！」

僕は羽織っていたパーカーっぽい上着をマーリンに投げつける。

「エフタル様？　何を恥ずかしがっているのです。私は貴女《あなた》には胸は愚か……尻の穴までを見られているのです」

「いや、赤ちゃんの時の話だよねそれっ⁉」

と、僕が狼狽《ろうばい》しているとアナスタシアが――

「お尻の穴……男同士でもないのにそれは不純なんです！　ありえないんですっ！」

えーっと……。

アナスタシアさん？　君は何を言っているのでしょうか。

そういえばこの前、サーシャと僕が絡んだと思い込んだ時にヤケに男同士のお尻お尻って嬉《うれ》しそうに連呼してたし……。

いや、深く考えるのはやめておこう。うん、やめておこう。


——やめておこうったら、やめておこう。


腐女子疑惑とか話がややこしくなるだけだしね。

そんな感じで僕がゾワゾワと背筋を凍り付かせていると、やっぱりいつの間にか背後に現れたシェリルが声をかけてきた。

「……エフタル？　どう？」

「白スクール水着……だと……？」

と、やっぱりいつの間にかこちらに戻ってきていたマリアが声を荒らげた。

「ちょっとシェリルっ⁉　今回はエフタルを色仕掛けでビックリさせるって趣旨なのよっ⁉　せっかくエフタルの慌てる姿が見れる絶好の機会だってのに……そんな露出ゼロの水着ってどういう了見よっ⁉」

「ちゃんと理由はある。白のスクール水着は……」

そこでシェリルは押し黙った。

そうして、大きく大きく息を吸い込んで彼女はこう言ったんだ。

「……マニアには受けが良い」

さて、反応に困る発言だ。

「……」

「……」

「……」

うん、案の定、全員がリアクションに困っているね。

「……で、実際のところシェリルのこれはどうなのよエフタル？」

しばし考えて僕は小さく頷いた。

「……可愛《かわい》いよ。一番良いんじゃないかな？」

「……」

マリアが大きく目を見開く。

「……」

アナスタシアは絶句してその場で固まっている。

「……エフタル様。さすがの私も……ガチのソレは……ちょっとフォローできません」

マーリンに至っては困り顔だ。

え？　なんか僕……変なこと言ったかな？

と、そこで「あっ！」と、失言に気づいてしまった。

「いや、性的な意味じゃないからっ！　犬猫が可愛い的な意味だからっ！　それで一番良いっていうのは一番まともって意味だから」

と、その言葉でシェリルは瞬時に涙目になった。

「……私は犬猫扱い？」

「いや、だからそういう意味じゃなくてっ！」

そしてマリアがコメカミに青筋をいくつか浮かべ、今にも僕に食って掛からんばかりの勢いで声を荒らげる。

「それを言うなら、どう考えても私が一番マトモでしょうにっ！」

あー！

もう「めんどくさいなこいつ等《ら》っ！」と、叫びだしたい衝動に駆られているその時のことだった。

母さんとフレイザー兄さんがこちらに向けて歩いてきたんだよね。

それで、マーリンはパーカーのチャックをしめて、アナスタシアも慌てて上着を羽織り始める。

「いや、他の人に見られて恥ずかしいんだったら僕にそんな姿を見せないでよね……」

で、まあ母さんは黒を基調とした水着だった訳だ。

普通なら露出度が高いというべきところなんだけど……アナスタシアとマーリンのを見た直後だったから普通に見えるね。

でも、まあ息子としては一応言っておくか。

「母さん？　どうしてそんな際どい水着を？　流石にそれはちょっと……」

「いや、フレイザーさんは奥手だから」

困り顔でそう言う母さんに僕は「はてな」と小首を傾《かし》げる。

「奥手？」

「そうなのよエフタルちゃん。実は結婚してから未《いま》だに閨《ねや》を共にしたことがなくって……ね」

さて、困った。

母さんがとんでもないことを言いだしたぞ。

「結婚して何か月も経《た》つのに……キスを三回しかしたことがなくって……本当に困っているのよ」

――聞きたくない！

身内同士のそんな話なんて絶対に聞きたくないよっ！

二人は互いに血はつながってないけど、僕と二人はそれぞれガッツリつながってるんだからねっ⁉

「ちょっ⁉　イリアさんっ⁉」

「もう、フレイザーさんが悪いのですよ。いつまでたっても指一本触れてくださらないので……少し刺激を与えてみようかと」

「し、し、しかしですね、物事には順序というものがっ！」

「いや、私は先に婚姻のほうがおかしいと思いますが？」

まあ、これは正論だ。

確かに日本人的な感覚で言うと結婚の前にそういうアレコレは済ましておくのが普通な気はする。

「あのねイリアさん。今まで黙っていましたが……」

「はい、何でしょうか？」

「実は私は今まで恋人がいたこともなく、そういった経験もありません。貴女を思い恋焦がれているのは確かですが、どのように貴女を扱っていいのか分からず……」

「あらま」とばかりに母さんは大きく目を見開いた。

「まあ、そういう事情だったのですか」

「はい、恥ずかしながら……」

「先ほどの恋焦がれているという言葉……本当に嬉しく思います。でもね、フレイザーさん？」

「何でしょうかイリアさん？」

「女は、言葉にしないと分からないのですよ。言動で示してもらわねば……不安になるのです。婚姻して数か月、貴方《あなた》は一切手を出されぬ新婦の気持ちになったことはおありでしょうか？　他に女がいるのかもと……そういう風に思うのは自然な感情なのです」

しばし何かを考えて、兄さんは申し訳なさそうにペコリと頭を下げた。

「これは……寂しい思いをさせてしまったようですね」

「けれど、もうわかりました。安心しました。私もお慕いしていますよ……フレイザーさん」

見つめあう二人は頬《ほお》を染め、手を握り合って……うんうん、フレイザー兄さんも母さんの気持ちを知って、これから勇気を出して色々と手順を踏んで二人はステップアップしていくんだろうね。

うんうん、良かった良かったって――

――見たくない！

身内同士が見つめあって、今にもイチャイチャが開始しそうなこんなシーンなんて絶対に見たくないよっ！

と、まあそんな感じで……骨休みのための海水浴で僕はグッタリと精神的に疲れることになったのだった。

ちなみにアナスタシアとマリアとシェリルは、何だかんだでバカンス気分を味わって楽しんでくれたようだ。

☆★☆★☆★

と、まあそんなこんなで。

母さんとフレイザー兄さんが想像以上にバカップル状態だったりしたんだけど、それはさておき。

屋敷で過ごす僕はその日、公爵執務室を訪ねたんだけど——

「兄さん？　ちょっと良いかな？」

「ん？　エフタルですか？　書き物のキリが良いところまで……少し待っていてください

ね」

部屋に入るとメイドさんが僕を応接ソファーに案内してくれて、紅茶のセットを用意してくれた。

すぐに兄さんが対面のソファーにやってきて、メイドさんに微笑《ほほえ》みかけると、メイドさんは「失礼します」と、頭を下げてドアから出て行った。

「で、何でしょうかエフタル？」

「兄さん……何があったの？　少し疲れた顔をしているように見えるよ？」

「はは、気のせいでしょう。心配してくれてありがとうございますね」

「気のせい……？　じゃあ、使用人の数が減っているのはどうして？　家の門の目立つところの破損も補修されていないし……アレは昨日一昨日にできたような破損じゃないよね？」

すると兄さんは少し何かを考えてからニコリと笑った。

「使用人は休暇が多い日でしてね。それに門の補修？　それは気づきませんでした。破損はどこでしょうか？」

と、僕は深くため息をついた。

まあ恐らく、心配をかけさせたくないんだろうね。

けど、この家に何かが起きているのは確定事項のようだ。

「昔から嘘《うそ》をつくのが苦手だね……右目の目元が一瞬だけ痙攣《けいれん》するクセが治っていないよ」

言葉を受けて、降参だとばかりに兄さんは肩をすくめた。

「まったく……エフタルには隠し事はできませんね。単刀直入にいうと、王兄派が力を取り戻しています」

「王兄派？　以前に父さんが異民族を使ってクーデターを企《たくら》んで……その後に派閥は壊滅したんじゃ？」

「ええ、事件は解決して、幼き王太子殿下を私たち貴族が一枚岩になって支えていく。そうなるはずだった……のですがね。王兄殿下が戻ってきました」

「王兄殿下は……事件の責任をとって島流しになったはずじゃないの？」

「どうにも、強力な後ろ盾ができたようでして。ねえエフタル？　ここ数年の凶作で貴族諸侯が疲弊しているのは知っていますよね？」

「そりゃあ、これでも一応は公爵家で、貴族に名を連ねているからそれくらいはね。それで何が起きたの？」

まあ貴族とはいえ準貴族扱いだけど……。

と、そんなことをいうと兄さんが真面目に凹《へこ》んで謝ってきそうなので、そこは言わずにおこう。

この人は僕を公に純血の兄弟として扱えないことに、何故《なぜ》か憤りと申し訳なさをもっているようだからね。

「まず……金がバラまかれましてね」

「金が？」

「先々月、王が崩御なされた翌月から……中立派とかつての王兄派を中心に、恐ろしい金額が撒《ま》かれたと推察されています」

今はどこの貴族も凶作で領地運営は火の車だ。

背に腹は代えられないということで、札束で頬を叩くスタイルはこの場合は非常に有効だろう。

「それから、次は不審死が相次ぎました。あるいは、魔物や不死者の群れに領地を襲われて命を落とした下級貴族も複数確認されています」

さて、話がキナ臭くなってきたぞ。

と、僕は嫌な予感と共に兄さんにこう尋ねた。

「で、死んだ人間は恐らく……？」

「ええ、王太子殿下派閥の面々ですね。異民族の動きも活発化していて、特定の領地が襲撃にあっています。つまりは――」

と、嫌な予感が確信に変わったことで、僕はそこで兄さんの言葉を掌《てのひら》で制した。

「それもやっぱり王太子殿下の？」

「ええ、そうなりますね。あまりにも露骨なそのやり口は私を含めて一部諸侯からの強烈な反発を招いていますが、硬軟織り交ぜたこの手法によって八割がたの貴族はあちら側についてしまっています」

「で、この家は表に裏に圧力をかけられていると？　例えば本来なら国家事業として行なわれるべき工事やらを宮廷から渋られて財政難とか……そういったところ？」

「はは、本当にエフタルには隠し事ができない。魔法だけではなく……どこでそのようなことを学んだのでしょうか？」

問われて僕は言葉に詰まってしまった。

いや、まさか前世で初代オルコット公爵やってましたとは言えないよね。

っていっても、事務的なことはブリジットと信用できる側近に丸投げだったけど。

本業は魔術師だったし。

「ともかく、まことしやかに囁《ささや》かれていますよ。不死者までを使うその手口から、王兄殿下は真祖の吸血鬼にでも憑《つ》かれたのではないかと」

「ちなみに王兄殿下は今はどこに？」

「死の谷《デスバレー》……。異民族王の住処《すみか》に、王兄殿下が匿《かくま》われているという話を聞きますね。公式には島から脱走して行方不明ということですが、何のことはありません。殿下の所在は宮廷の誰もが知っているのです」

言葉を聞いて僕はその場で固まってしまった。

以前のクーデターの時から異民族とは友好関係を築いていたんだろうけど、まさか……王族が異民族の本拠地に匿われているだなんて……と。

「でも、それはあまりにも……」

「ええ、酷い話ですね。王都を襲った異民族が相手ですから。ですが、知ってはいても誰も手を出せません。金がバラまかれる以前には王兄派の人間は皆無でしたので、異民族討伐のドサクサで王兄殿下を捕獲しようという話も出たのですが……いや、本当にあの時に討伐を強行しておくべきでした」

「異民族を討伐できない理由があったってこと？」

「軍部の機密に近い事項なので内密に、エフタル」

「うん、そりゃあ勿論《もちろん》」

「異民族があの地に本拠地を構えてから三百年。それ以来、近隣諸国は通商路を襲われたり辺境の村々を略奪されたり、それはもう王侯貴族の頭を悩ませました。しかし、小規模な異民族の拠点の制圧はできても、その本拠地に手を出すことは叶《かな》わず……全てはイージスの戦乙女が異民族の本拠地を守っているからなのです」

「イージスの……戦乙女？」

「古代魔法文明の遺跡を守護するガーディアンですよ。守護者と言えば東方の太上老君《たいじょうろうくん》が有名ですが、その力は大国の騎士団の力を凌駕《りょうが》します」

確かに四百年前でも厄介な敵だったね。

古代魔法文明の遺跡は守護者さえ倒してしまえば、アーティファクトの山みたいなものだから命知らずが果敢に挑戦していたっけ。

遺跡発見の報を聞くたびに、我先にと命知らずが突撃を仕掛けて、巨万の富を得たり道半ばに倒れたり。

まあ、基本は物凄《ものすご》く危険な金塊の山という認識だ。

扱いとしては、奪い合う系の資源だったんだけどね。

ちなみに、前世の僕の資産の八割は氷神皇《アイザック》と山分けした古代遺跡のアーティファクトを売ったものによっている。

一人では攻略することは難しかっただろう。

それに、死線を潜《くぐ》った証拠に、攻略後の酒宴での達成感は物凄かったのを今も良く覚えている。普段は冷静な氷神皇が酔いつぶれるなんて滅多《めった》にみれないことだしね。

けど、今の世界では国をもってしても攻略不能になってしまっているのか。

基本的には守護者は自律型の超耐久兵器だ。

そう考えると、どんな大軍でも有効打を与える手段がなければ、ダメージが通らず物の数にはならないというのも仕方ないのかもしれないけどね。

「異民族の本拠地は古代文明の遺跡を改装したものとなります。だから、こちらからは手出しをすることはできません」

「いや、ちょっと待って兄さん？　どうして守護者……イージスの戦乙女は遺跡に侵入した人間……異民族を排除しないの？」

遺跡に侵入した生物は全て皆殺し。

それが、守護者の不文律のはずだ。

僕が遺跡を攻略した時は、魔導生命としての守護者の研究も兼ねていた。

だから、その手の意思疎通実験は討伐の際に何度も試みたことはある。

だけど、どんな方法でも聞く耳持たずだったんだ。

――問答無用の殺戮機械《キリングマシーン》。

正にそんな感じで……異民族ごときに御せるようなシロモノではないはずだ。

と、そこで僕は淡い頭痛を覚えた。

――いや、あるいは……炎神皇《クリフ》なら。

行く先々の全てで炎神皇《クリフ》の影が出てくる。

本当にもういい加減にノイローゼになりそうだ。

けど、これも炎神皇《クリフ》絡みだとすると、魔法適性治療の……途切れた手がかりの尻尾になるだろう。

「どうしましたエフタル？」

「ああ、気にしないでいいよ」

「ふーむ……？　まあともかく、現在の当家の状況は良くありません。残った二割の王太子殿下の派閥も……あちらにつくのも時間の問題ということですしね」

「王太子殿下と王兄殿下。金と不審死。そして不死者と魔物と異民族……か」

「ええ。特に異民族が不気味ですね。途方もない数の魔物を率いているようですし、噂《うわさ》では不死者も異民族が使役しているのではないかという話もあります。ともかく、硬軟織り交ぜた見事な手腕ですよ」

「……なるほどね」

「と……まあ、色々と込み入った事情を話しましたが、政《まつりごと》は私の領分です。貴方《あなた》は心配しなくても良い。魔法学院の学生として本業にだけ集中すれば良いのですから」

「うん。色々教えてくれてありがとう兄さん」

と、頷《うなず》いてはみたけれど、そういう訳にもいかないよね。

――だって、僕は兄さんたちの安全を確保するために里帰りした訳なのだから。

王都、雷鳴と龍の下に

サイド：王兄

屍霊の谷。

異民族どもの本拠地にして、今の私の仮宿だ。

前オルコット公爵のクーデターが失敗し、島流しの憂き目にはあったが……まあ、これも余興よ。

「やめて、やめてくださいっ！」

切り立った岩肌を刳《く》り貫《ぬ》いた、アリの巣のように通路と部屋が張り巡らされた洞窟内には今日も女の叫び声が良く響く。

「素直になれば痛めつけられねえってことを一番最初に学ぶんだなっ！」

「やめ、やめてええええっ！」

異民族共は毎晩毎晩お盛んなことだ。

毎夜、どこからか攫《さら》われてきた女の悲鳴が、やはりどこかから響いてくるが……いやはや、本当に相も変わらず趣味が良い演奏だ。

食べて、寝て、飲んで、犯す。

異民族たちは気取らない。細かいことは気にしない。連中は、ただ生きたいままに生き、やりたいようにやる。

――そう、人間とはかくあるべきだ。

まあ、岩肌がそのままの洞窟……という内装の宿は私にはいささか不釣り合いだが、それを除けばこの宿は上々。

特に毎夜の悲鳴のオーケストラがお気に入りだな。

女を望めば牢《ろう》から幾らでも女が湧いてくるし、食事を望めばマナーも気にせずに食える。

驚いたことだが、異民族が食べている食事は思いのほか美味《うま》い。

いや、私が自由を渇望するがあまり、骨付き肉にそのまま食らいつくような食事に快感を覚えているだけという可能性もあるがな。

王位継承候補者である私は、やれ品格だ、やれ王族とはという爺《じい》の小言と共に生まれ育った。

　クーデターも失敗し、島流しにされ、そこでの窮屈な生活は想像を絶するものとなった。

　会う人間すら限られ、少し身分の高いものであれば会話の全てが記録されるような……本当に今考えても悪夢以外の何物でもない。

　王族の私が管理下におかれるなど、生まれながらに特別な地位にある私が不自由に身もだえるなど、そんなことはあってはならぬことなのだ。

　そして島で過ごすうち、自由という概念すら忘れかけた頃に、あの赤髪の少年は私を外の世界に連れ出してくれた。

　聞けば、異民族にこの地と……イージスの戦乙女の加護を与えたのもあの少年だと言う。

　異民族の間で、あの少年は神として祭られているのを知ったのは最近のことだ。

　崇拝の程度は熱烈的で、二百年前にイージスの戦乙女が討伐軍を打ち破った際には、祝いが盛り上がりすぎて多数の死傷者が出たほどらしい。

　ともかく、莫大《ばくだい》な金と、異民族も含め荒事に聡《さと》い品行方正な連中とのコネクションを少年は与えてくれた。

　オマケに現在の宮廷内の勢力関係図と、賄賂が有効そうな品行方正な貴族のリストまで授けてくれたのだ。

　礼は、私が王となった後に国民の苦痛という形でたっぷりと貰うといわれている。

うすら寒い何かを感じるが、まあそれで良い。

少年は国民を売り渡す悪魔との取引だと言って笑っていたが、望むところだ。

——私は、私が良ければそれで良い。

国民がいくら苦しもうが、その声は宮廷までは届かない。

国民が餓《う》えようが、宮廷はいつでも食物に溢《あふ》れている。

それがこの世の真理であり、力ある者が全てを支配するこの異民族の住処《すみか》と何も変わるところはない。

そう、王族であり、真たる王の器である私には玉座に座り、この異民族たちのように自由を謳歌《おうか》する権利がある。

国をそんなあるべき形に正すためであれば、国民の苦痛など天秤《てんびん》にかける価値すらない。

「しかし、本当によろしいのでしょうか王兄殿下？」

と、声をかけてきたのはオルグレンだ。

男爵という最も低位な貴族ではあるが、一番最初に私に頭《こうべ》を垂れた知恵者よ。

今はどこぞの辺境の砦《とりで》の警備を任されているらしいが、正当な行動には正当な評価をするべきであるし、こやつは今後重用する予定だ。

「良いとはどちらの話だ？」

「両方です。不死者の軍勢を率いる異民族による王都襲撃。それに呼応し殿下に協力する貴族による武力蜂起……確かにこれならば王都を陥落させることはできましょう。しかし……」

「はは、考えてみれば異民族も可哀《かわい》そうな連中ではないか。過去の重犯罪者の末裔《まつえい》とはいえ、不毛の大地において略奪でしか生きていけない部族……私の悲願の成就を手助けしてくれるならば国土の四分の一の割譲など安いものよ。いや、それは働きに対する正当な対価だ」

「まあ、私としては全体としての国土が減ろうが……男爵から公爵に取り立てていただけるならば、何の不満もないのですがね。しかし、オルコット公爵家と言えば当国の守り刀ですぞ？　殿下も言い伝えはご存じでありましょう？」

「四百年前の王――仁君・アーヴァイン王の残した言葉か？」

「左様で。雷神の加護は国と共に非《あら》ず。オルコット公爵家と共にあるという言葉……私には少し引っ掛かりましてな」

　そこで私は吹き出してしまった。

　この男が小心者であることはよく知っていたつもりだが、まさかここまでとは。

　まあ、だからこそ部下としては扱いやすいのだがな。

「馬鹿を言え。四百年前の亡霊の……妄言の何を恐れる？　公爵家が本当の意味で国の守り刀であったのは雷神皇が存命していた四百年前の話ではないか」

「ま、まあそれはそうなのですが」

「ともかく、貴様が砦で見かけた、そのエフタルという平民腹を使って公爵家を追い込むのだ。王太子派閥の有力者……現オルコット公爵のフレイザーは妙に人望もあるようだからな」

「王太子派閥に対する見せしめ……ということですね？」

「私が根回しし、王都から砦に送った人数を不死者の軍勢に仕立てることができなかったのは貴様の不始末だ。これ以上の不細工な仕事をされては貴様を……オルコット公爵家の後釜にするという話もなかったことになるぞ？」

「ぎょ、御意のままに！　お任せくだされ！　見事オルコット公爵家を陥れてみせましょう！」

　そうして、オルグレンは立ち上がって部屋から出て行った。

　と、そこで私の脇に控える白髪の老いぼれが、憔悴《しょうすい》しきった様子で口を開いた。

「殿下……このままでは国が滅びますぞ」

「なんだ爺《じい》？　小言ならもう私は聞かんぞ？」

「異民族を領地に誘い込むなどと……貴方のやっていることは外患誘致……いかな王族とはいえ死罪は免れませんっ！」

「残念だ。私はお前を五月蠅《うるさ》いとは思いつつも、側近として遠ざけることはしなかった。それは私の子供の時の教育係として……浅からぬ関係があるからだ」

「残念とは？」

「まさか、貴様が王太子派閥の間者だったとはな」

「何を馬鹿なことを！　私は先代に貴方のことを頼まれていたのです。何があっても、どんな状況でも私だけは貴方をお守りしろとっ！　故に――故に！　心底呆《あき》れ果《は》てつつもここまで見捨てずに……っ！」

そこで老いぼれは諦めたかのように、私の前であぐらをかいて座り込んだ。

「殿下！　とくとご覧あれ！」

すると老いぼれは上着を脱いで半裸となった。

何をするつもりかと、興味深く見守っていると、老いぼれは短刀を抜いてこちらを睨《にら》みつけてきた。

「なんだ？　本当に間者だったのか？　その短刀で私を害すると？」

「いいえ、先代への最後の忠義として命を賭し……貴方様《あなたさま》を説得いたしますっ！」

「ほう、説得とな？」

「殿下、貴方は領内に戦乱を……地獄を作ろうとしているのです。教育係の爺としての最期の仕事でございます！　貴方は――人の生き死にを簡単に考えすぎている！　それは死を目の当たりにしたことがないからです！　人の血を見たことがないからです！　ならば、爺が殿下に死をお見せして差し上げましょう！」

　そうして老いぼれは自らの腹に短刀を突き立てた。

「これが……人の死です。貴方は私を……ここまで……側に置いていた……ならば……私の死を……無駄に……せず……この意味を……」

「そういえば、東方では切腹という文化があるようだな」

　老いぼれは突き立てた短刀を横に動かし、腹をかっさばいていく。

　自然の流れとして、血と臓物が勢い良く飛び出していくことになる。

「お……お……お考え……くだ……私……命……無駄……しな……い……よう……に……」

　目を見開き、決死の形相の老いぼれに向けて私は小さく頷《うなず》いた。

「ああ、無駄にはせんぞ」

「……良……か……った……」

「異民族王が言っておったのでな。爺の命は無駄にならず、今後はミノタウロスの中で生きていくだろう」

「な……に……？」

「異民族王のお気に入りのペットの魔物なのだがな、活《い》きの良いエサが大好物らしい。私と奴《やつ》は盟友だ……これは良いプレゼントができた。おい、誰か！　誰かおらぬか！　出来立ての良い生き餌だぞ！」

そうして、老いぼれは最後にこう言って……ここ数十年、私に毎日開いてきた五月蠅い口を閉じたのだ。

「ここ……まで……愚か者……と……は……」

ドサリと崩れ落ちた軀《からだ》に向けて「フン」と私は鼻を鳴らしたのだった。

サイド：エフタル

「僕に貴族査問が行われる？」

コンコンとノックの音で僕は目を覚まし、呼び出された兄さんの執務室で僕は素《す》っ頓《とん》きような声をあげてしまった。

「ええ、今日の午後に査問官が当家を訪れます。少なくとも相手の事情聴取は受けざるを得ない……ですね」

「ちょっと待って、どういうことなの？」

「実は——」

と、兄さんが状況を説明してくれたんだけど、それは酷いものだった。

アンガスさんたちと共闘した砦は男爵家の男が隊長として取り仕切っていたんだけど、あの男が曲者《くせもの》だったようだね。

あの戦闘の最中、自分は一人で逃げ出した訳なんだけど……。

どうやら、準貴族で戦闘に参加していた僕について、あることないこと宮廷に報告がいっていたらしい。

兄さん曰《いわ》く、僕にかけられている嫌疑は敵前逃亡罪と上官に対する傷害。

顛末《てんまつ》としては……異民族の扱う魔物の群れに恐れをなした僕が一人で逃げ出し、引き留める男爵に切り付けてそのまま一人で逃げ出したことになっているらしい。

「……無茶苦茶《むちゃくちゃ》な話だね。そもそも逃げ出したのはあの男だし」

「ええ、勿論《もちろん》……エフタルはそんなことはしないでしょうね。何しろ貴方の魔法は人智《じんち》を超えた領域なのですから」

「あ、そのあたりは内密にお願いするね、兄さん」

「それは勿論です。エフタルの話からすると、大方は自分の逃亡の罪を有耶無耶《うやむや》にするためにあることないこと言っているというところでしょうか？」

「でも、公爵家全体が大変な時期に面倒ごとを持ち込んでしまって申し訳ない。ごめんね兄さん」

　すると兄さんはニコリと笑った。

「貴方は悪くないのですから気にすることはありません。ともかく、貴族査問官に真実を伝えましょう」

「……うん」

「ですがエフタル。今の王宮は毒蛇の巣です。何が起きるか分かりません……最悪の場合は私の立場などは気にせず、君の実力を使っても構いませんよ？」

「どういうこと？」

「連行されて投獄されそうになった場合、力ずくで逃げなさい。君にはそれができるのですから」

「そりゃあそうなんだけど、兄さんを放っておいてそんなことはできないよ」

まあ、ともかく……兄さんの言うとおりに真実を伝えるしかないだろうね。

嫌な予感がするんだけど、とにもかくにも敵の出方次第だ。

と、僕は深くため息をついたのだった。

☆★☆★☆★

「申し開きはできませんぞ、オルコット公爵っ！」

応接室で小太りの男が短剣を手に持ち居丈高に叫んだ。

っていうか、砦の警備隊長のオルグレン男爵が叫んでいた。

「これは砦での戦闘の際に奪われた当家の家宝の剣でしてな。準貴族である……そこのエフタルの部屋から出てきたものなのです！」

僕とフレイザー兄さんは顔を見合わせ、互いの頭の中はクエスチョンマークで埋まっていく。

「このエフタルという少年は、敵前逃亡を制止する私を切りつけ、この宝剣を奪ったのです！　そして、この宝剣がエフタルの部屋から出てきた……物的証拠もありますし、これはもう間違いなくエフタルの犯行が事実であることは明らかとしか言いようがない！」

　再度、僕とフレイザー兄さんの頭の中はクエスチョンマークで埋まっていく。

「いや、そもそもどうして警備隊長が査問官なんですか？」

　兼ねてからの疑問だったんだけど、一方的にまくしたてるだけだったので聞くタイミングがなかったんだよね。

　で、僕の言葉に男爵は大きく頷いた。

「宮廷内の有力者の計らいでしてな、自らが受けた傷と恥辱を晴らす機会を与えてくださったのです」

　うわぁ……いくら何でもこれは酷い。

　査問官と言えば司法権も与えられていて、大貴族からも恐れられるような存在だ。

　それを私物化するなんて……。

　どうにも宮廷の状況は末期に近い状況になっているようだ。

「なるほどそれは分かりました。では、どうして僕の部屋から出てきたものを貴方が持っているのですか？」

「国を憂えるメイドがこの屋敷から持ち出したものでしてな、証拠物品と共に我々に勇気ある告発をしたという次第となります」

　言葉を受けて、フレイザー兄さんが「はてな」と小首をかしげた。

「メイドとは……どのような名前で？」

「エメルダというメイドという風に聞いておりますな」

「いえ、そのようなメイドは当家では雇っていませんが……やはり何かの間違いでは？」

「ははは、ご冗談を。男爵である私の証言もあり、証拠物品も揃《そろ》っている。これを何の間違いだと言うのです？」

「いや、ですから……」

　と、そこで査問官はニヤリと笑った。

「いやはや、敵前逃亡を制止する現場指揮官に切りかかるとは……中々に勇ましい弟をお持ちのようですね、オルコット公爵」

「少しはこちらの話に耳を傾けてもらえませんかね、オルグレン査問官？」

　聞く耳を持たないとばかりに査問官は言葉を続ける。

「しかし、エフタル君？　あまりにも浅はかな行動でしたな。所詮は平民腹の下賤《げせん》の輩《やから》の行うこと――小遣い稼ぎに欲をかいて宝剣を奪い証拠を残してしまったとは……」

「ですから、話を聞いてもらえませんかっ！」

物腰柔らかで丁寧な兄さんが大きな声を出すとは珍しい。

まあ、僕もかなりイライラしている。

だけど、ここでこの男と問答をしても意味はない。だって――

「フレイザー兄さん、話をするだけ無駄だよ。結論が先にあって、シナリオも証拠も向こうが用意している。言葉じゃ何も変わらない。根回しも既に終わって、最初から処分の量刑まで全て決まっているはずだ」

「ほう」と感心した風にオルグレンは頷いた。

「まあ、王太子殿下に付くなどと……時勢を読めない兄をもったことを恨むのですな、エフタル君」

そう、連中は証拠を捏造《ねつぞう》してまで結論ありきで話をしている訳だ。

当然、何を言っても無駄なのは間違いない。

「なるほど。冤罪《えんざい》であることを隠すつもりもない訳ですか」

「察しの通りに宮廷内では既に決定済みですので……ふふ、いや、これは流石《さすが》に失言でしたかな？」

そうして査問官はコホンと咳《せき》ばらいを一つ。

下卑た笑みと共に応接ソファーにふんぞり返って足を組んだ。

「さて、貴族議会からの伝達事項です。弟の罪がひっくり返るかもしれない最後のチャンス——聞く耳はもっていただけますな？」

「……話だけなら承りましょう」

「要は寝返れという話です。先代のオルコット公爵と王兄殿下は主従の関係を超えた盟友であり、そして気の合う親友だったという話もありますし、分かり合えないということはないはずなのでね」

うん、とりあえず王兄殿下……いや、王兄がロクでもないことは確定したね。

なんせ、あの男と気の合う親友なのだから。

「宮廷内は既に王兄殿下の旗が翻っていると考えてもらって結構。最早《もはや》、公爵の孤軍奮闘の状況と言っても差支えがない」

「……それで？」

「ここらで頑固はやめにしませんかな？　若いながらに人望のある貴方《あなた》が寝返れば、残った極々一部の捻《ひね》くれどもも、まとめてこちらに乗り換えるでしょう」

「……その場合、王太子殿下はどうなります？　あの方はまだ子供ですよ？」

「私のような下賤の者には殿上人の考えはわかりませんが、まあ……コレでしょうな」

査問官は指を一本立たせて、おどけた様子で首を掻《か》っ切る仕草を見せた。

「先代の王の息子など、存在自体が政争を生む爆弾のようなもの。王兄殿下にも慈悲はあるでしょう、子供相手なら拷問などはせずに一思いにやってくれると思いますので……そこはご安心を」

　そうして査問官はニヤリと笑って指を三本立たせた。

「三日だけ猶予を与えましょう。宗派替えを行うならばエフタル君も無罪放免。そうでなければ……」

「そうでなければ？」

「宮廷の意思によってありとあらゆる災厄がオルコット公爵家に降り注ぐでしょうな。その範囲は家族、一族郎党、そして領民。剝《む》く牙は矛先を選ばず……まあ、頭を冷やして何が得かを考えればよろしい」

　そうして男爵は立ち上がり、後ろ手を振りながらこう言った。

「あ、そうそう。鞍替《くらが》えしたとして、王兄殿下が戴冠した暁には、最後まで抵抗した勢力の一人として爵位剝奪《はくだつ》になるでしょうがね。平民として私の家で庭師でもやりますかな？　世にも珍しい元公爵の庭師……ふふ、これは良い！　そのような貴重な人材であれば、給料は他の庭師の倍は出しますぞ、ハハハ！　アハハハっ！」

　と、笑いながら男爵は去っていったのだった。

☆★☆★☆★

その日の夜――。

マーリンを自室に呼び出した僕は月を眺めていた。

「まったく……お互いに子孫には恵まれないね、アーヴァイン」

かつての主君であり、かつての友であり、僕が尊敬するに値すると認めた数少ない仁君だ。

涙もろくて、どこか頼りなくて、慈悲深く、そしてやるべき時はやる男。

いつも僕に見せていた、困ったようなアイツの横顔を月に重ねながら、紅茶を啜《すす》る。

「エフタル様？　ご用は何でしょうか？」

ノックと共に入ってきたマーリンをソファーに座らせて紅茶を淹《い》れてあげる。

雑務は自分が……という風にマーリンは立ち上がろうとする。

そこで僕がマーリンを掌《てのひら》で制すると、渋々といった風にマーリンはソファーに腰を落ち着けた。

「マーリン。君に……いや、君たちにお願いしたいことがあるんだ」

「私に任せたいこと？　私にできることであれば何なりとお申し付けくださいませ」

「ありがとう。まずは事情を説明するね――」

かくかくしかじかと話をするにつれて、マーリンの表情は次第に呆れと怒りに染まっていく。

「なるほど。事情は分かりました」

「それで、僕はもう……普通の手段では宮廷を正常化することはできないと思うんだ」

「貴族査問官……司法の一部を私物化ですからね。何か手を施すにしても、おっしゃるとおりに遅きに失しているかと」

「だから荒療治……もう、具体的に言うと大掃除をすることになる」

大掃除、という言葉でマーリンはピクリと耳を動かす。

「マーリン、そして……スヴェトラーナの二人が一緒であればできるはずだ」

スヴェトラーナの名前が出た瞬間にマーリンは一瞬だけ嫌な顔をして、すぐに表情を嬉々《きき》としたものに変える。

「私だけではなく、私とスヴェトラーナなのですね？」

「ああ、そうなるね」

「確認します。それは一国を叩《たた》き潰《つぶ》せと、そういう指示でよろしいのですね？」

「言ったはずだよ、大掃除だと」

「なるほど」と、マーリンは嬉《うれ》しそうに破顔した。

「いよいよエフタル様らしくなってきましたね」

「状況が状況だからね。この国を守るっていう前世の約束もあるし」

「仁君……アーヴァイン王ですか？」

「ともかく、決行は明後日だ。貴族議会で僕をやり玉にする形で……オルコット公爵であるフレイザー兄さんが糾弾される。その場で君たちが……まあ、やり方は任せるよ」

「ところで……エフタル様はどうなさるので？」

「ガンの患部を取り除きに行く。そこを潰さなければ堂々巡りだしね」

「異民族の本拠地にはイージスの戦乙女……守護者がいるという話ですが？」

「それも含めての大掃除だ」

「……なるほど。了解しました」

と、その時、公爵家の屋敷内がにわかに騒がしくなった。

バタバタと人の走る音が聞こえ、そこかしこから大きな声が聞こえてくる。

「公爵閣下……公爵閣下はどこです!?　異民族……領内に……異民族が現れました！」

慌てて兄さんのところに向かおうとしたところで、更に他の大声が聞こえてきた。

「後宮からの連絡です！　ロイヤルガード団長のセシリアお嬢様が何者かに急襲され手傷を負ったと！」

ワナワナと……体が震える。

腹の底から例えようのない黒い何かが、龍《りゅう》となって頭へと昇っていく。

――いい加減にしとけよ腐れ外道。


と、押し黙る俺にマーリンが声をかけてきた。

「公爵家が回答を出す前に……揺さぶりをかけてきたということでしょうね」

マーリンの言葉に首肯する。

王兄は生かしておくことも考えたが、もう駄目だ。

一度島流しにされても懲りずに再起してやがるし、ここまで腐ってりゃ根っこから切り取る以外に処置はねえ。

そうして、俺たちはフレイザーの部屋に向かったのだった。

☆★☆★☆★

「これは……想定以上に多いようだな」

と、マーリンは地図を見ながら眉間に皺《しわ》を寄せた。

今、公爵の執務室では各地からの報告が次々と入ってきていて、領内の小さな村で異民族共の略奪が始まっているようだ。

「どうするおつもりか、オルコット公爵」

マーリンの言葉にフレイザーは苦虫を噛《か》みつぶしたような表情を作る。

「公爵家が誇る魔導士団も今はなく、手勢は少数です。この規模の異民族となると……全てを制圧するのは難しいでしょう」

「公爵家の状況は了承した。それで、現状は三つの村が襲われているということで相違ないのだな？」

「ええ、放置しておくと被害がどんどん酷《ひど》くなります。早急に手を打つ必要があるのですが……やはり手勢が……」

と、そこで執務室にゴンゴンと乱暴なノック音が響き渡った。

「また異民族の襲撃の話ですか⁉」

やつれた表情の兄さんだったが、入ってきた人物を見てその表情が和らいだ。

「モーリア……校長？」

「元、校長だがな」

「しかし、どうしてこんなところに？」

「南のアンガス……まあ、昔の俺の部下なんだが今は国境の砦《とりで》に詰めている奴《やつ》がいてな。

異民族の行軍を確認して手勢と共に俺のところに来たって寸法だ。で、慌ててここに来てみりゃ案の定……ってところだ」

「ええと、話が読めませんが？」

引っ手繰るようにしてモーリアは、マーリンとフレイザーが眺めていた地図を手に取った。

「東の村は俺とアンガスが向かう」

「いや、しかしそんな……国境の兵を勝手に使うと!?」

「今は国がグダグダな時期だ。お偉いさんの都合と顔色窺《うかが》って国民苦しめて、何が騎士団長ってんだよ！　まあ、元……だがな」

変わらないな、と俺はモーリアに苦笑する。

「ともかく、エフタルもいるみたいだから何とかなんだろ！　北と西はテメエで何とかしろフレイザー！」

そう言って、モーリアが出ていこうとしたところでマーリンがその背中に声をかけた。

「待て、モーリアとやら」

「何だよこの姉ちゃんはよ？」

「貴様一人ではできることとできんことがある。貴様が一人で孤軍奮闘しようが、砦の兵だけでは恐らく異民族は制圧できんだろう――おい、アナスタシア、マリア！　お前たちもっていけ！」

　突然に話を振られ、一瞬だけ固まった二人だったがすぐに大きく頷《うなず》いた。

「ガキを二人連れてけってことか？」

「力は保証する。魔法を含めれば貴様の片腕として十分に使えるだろう」

マーリンは瞬時にモーリアの力量を見抜いていたようだな。

　まあ、俺の見立てと同じだ。

「ガキは足手まといだと言ったつもりなんだがな？」

「保証すると……私がそう言っている」

しばし二人は睨《にら》みあい、マーリンが魔力を放出したところでモーリアはすぐに頷いた。

「なるほど、エフタル以外にもこの屋敷には化け物がいるようだな。おい、連れてってやるから支度しろヒヨコ共っ！」

「ヒヨコ……？　いくら年上でも、いきなり上から命令っていうのもどうかと思いますよ？」

　そのマリアの言葉で、モーリア校長は破顔して、嬉しそうにワシワシとその頭を乱暴に撫《な》で始めた。

「はは、気の強いはねっ返りは嫌いじゃねえ！」

　そうしてモーリアはアナスタシアとマリアと共にドアから出ていった。

「……思わぬ援軍というところでしたね」

「で、オルコット公爵。残る二つは？」

その時、心配そうにこちらに目を向けていた母さんが儚《はかな》い微笑を浮かべた。

「公爵家の手勢を全て率いて救援に向かってくださいフレイザーさん」

「いや、それでは……この屋敷を守る人員が……貴女《あなた》が危険に……」

「良いのです。貴方《あなた》は私の夫である前に公爵です。領民の安全を守る義務が貴方にはあるのですから」

「ですが、こちらにはエフタルがいます。敵は多勢なので……領民に被害が出ますが、勝利そのものは確定しているのですよ？」

「エフタルちゃんがいるから勝てる？　どういうことなのでしょう？」

フレイザーは「不味《まず》いことを言った」という風にこちらに顔を向けてきた。

まあ、言っちまったもんは仕方がない。

まさか実の母親が知らないなんて想定もしてなかっただろうし、悪気があったわけもないだろうしな。

俺は小さく頷いて、フレイザーも頷いた。

「イリアさん、驚かないで聞いてくださいね？　貴方の息子は——世界最強の十五歳です」

キョトンとする母を横目に、俺はマーリンに指示を出した。

「西は公爵家の手勢の全員を引き連れたフレイザーに任せた方が良いだろう」

「しかし、オルコット公爵は片足がケガで不自由なのでは？」

「シェリル、フレイザーの護衛についてやれ」

「……ん。了解したエフタル」

これで東と西は目途がついた。で、後は北の村とこの屋敷の守りだが――。

「おい、マーリン？」

「はい、エフタル様」

「俺は北で大暴れして来る。お前はここにいろ……任せたからなマーリン。俺の大事な人だ、守ってやってくれ」

「……仰せの通りに。この女性には何人たりとも指一本も触れさせません」

「エフタル？　一人で異民族からイリアさんを……いや、この屋敷を守るなんて……そりゃあ無茶《むちゃ》ですよ？」

言葉を受け、マーリンはフレイザーと母にこう語りかけた。

「安心しても良い、オルコット公爵。私が守るといったからには必ず守る。約束を守れというのが私の師の一番最初の教えでな」

「……つまり、貴女は相当な手《て》練《だ》れということですか？」

「東方に武者修行に行った時には雷神皇《レイシエンファン》と呼ばれたこともある。まあ、師と同じ称号は恐れ多いので、小《シャオ》をつけ足させたがな」

「小雷神皇……いや、聞いたことがあります。確かその特技は……レベル７の……猛連打……」

「西方のこの地では瞬連の雷神と呼ぶ者もいる。まあ百年前の大戦の頃の話だ」

「マーリン……まさか貴女は……？」

「ああ、貴方の祖先――初代雷神皇の一番弟子だ」

母は事情が全く呑《の》み込めていないようだが、フレイザーはそろそろ……その視線から察するに、薄々と弟の事情を色々と察し始めたようだ。

「エフタル？　魔族の英雄が付き従うとは……貴方は……それにその雰囲気……」

と、そこで俺はフレイザーの言葉を手で制した。

「兄と弟、母と子、それで良いだろう？」

その言葉でフレイザーは何かを考えて、やがて呆《あき》れたように肩をすくめた。

「ええ、これ以上は聞かない方が良いでしょう。聞いてしまえば兄と弟ではいられなくなるかもしれませんから」

「ああ、それで良い」

さて、と僕は拳を鳴らしてドアへと向かう。

「エフタル様？　どちらへ？」

「さっきも言ったが北にだよ。ついでに王都に向かってセシリアを攫《さら》ってくる。で、安全な場所に送り届けてから異民族の本拠地――死の谷《デスバレー》だ」

「なるほど。かつてのオルコット公爵スタイルですか……では、後方の雑事については私にお任せください」

「ああ、頼んだぜ」

昔から、公爵家で荒事が起きた時はいつもこうだ。

俺が単騎で切り込んで、滅茶苦茶《めちゃくちゃ》にした後……そこからのことはブリジットや側近が走り回って後の雑事を片付ける。

初《しょ》っ端《ばな》にレベル10をぶち込んで大勢が決した後の掃討戦も、戦闘の事後交渉も、賠償金をふんだくるのも、俺が暴れて、駆け抜けて。

後の面倒なのは……全部信頼する奴に丸投げだ。

「さあ、まとめてお国の大掃除……ってな」

サイド：マーリン

王都。


あれから二日が経《た》ち、私とオルコット公爵は王都議会に召集された。

村についてはオルコット公爵とモーリアが現地入りすると、すぐに異民族を追い返して被害は最小限に済んだ。

アナスタシアとマリアについては「こいつらすげえわ、俺が稽古つけてやるから一年貸してくれや！」とモーリアが鼻息を荒くして言ってきたが、本人たちの強い意志で辞退することになったようだな。

『絶対にアンタには師事しないんだから！』

『はは、はねっ返りは本当に嫌いじゃねえんだよ！　何なら義理の娘にならねえか？』

『絶っ対に嫌っ！』

公爵屋敷に帰ってくるなりアンタ呼ばわりになっていた。

どうにも、妙にウマが合っていたようだから、本当に弟子入りしてしまえば良いとも思ったものだが……。

セシリア嬢についてはエフタル様が王都から救出し、今は公爵屋敷に匿《かくま》われている。

襲撃により手傷を負ったということで、いつ人質に取られてもおかしくないような状況だった。

敵がどこにいるかも分からぬ後宮で一人にする訳にはいかない……まあ、妥当な判断だろう。

と、それはさておき王都議会だな。

中は魔法大学院の集団講義室を大きくしたような感――円状の階段教室といったところか。

私とオルコット公爵が中心に立ち、百を超える貴族たちが階段状に並べられた机からこちらを見やっている。

――まあ、言論による公開処刑が行われる予定……というところだろう。

エフタル様の冤罪《えんざい》を皮切りに、今からありとあらゆる難癖がつけられると……シナリオはそういう風に既に決定されていると見える。

「貴族の子弟が敵前逃亡……あまつさえ上官に切りかかるとは前代未聞ですぞ！」

「オルコット公爵家といえば先般の動乱の主犯格、やはり爵位を取り下げるべきだったのです！」

「……」

フレイザーが何も言わないのは打ち合わせ通りだ。

彼らが宮廷の毒蛇の流儀で押し通すならば、何を言っても無駄で言葉は不要だ。

目には目を、歯には歯を――ならば、私はエフタル様の流儀を押し通すまでだ。

「待ってもらいたい！　私は初代雷神皇の直弟子マーリンである。四百年前の師との約定により、オルコット公爵家を守護したい！」

いや、まあそんな約定はないのだが、ハッタリも大切だろう。

ともかく、普段は肩がこるだけの魔族の英雄という立場は、こういう場では中々に役にたつものだ。

証拠に、シンと一同が静まり返っている。

そこで、すかさず私は指をパチリと鳴らした。

すると砦《とりで》で出会ったアンガス副隊長が議会場に現れた。

「砦での異民族との戦闘の最中、エフタル少年はこちらのアンガス副隊長と行動を共にしているという話だ」

その言葉でアンガスは大きく頷いた。

「聞けばエフタル少年がオルグレン隊長を切りつけたという話……それは事実無根です！　彼は勇敢に戦ったと、あの戦場にいた者として証言します！」

さらに静まり返る一同、けれど――

「そちらのアンガス副隊長とやらは貴族ですかな？」

「いえ、私は平民出身ですが……」

この回答で議場のそこかしこで嘲笑が漏れ、貴族たちは口々に言葉を発し始めた。

「男爵と平民の言葉のどちらを信じろと？　これはマーリン様も無茶をおっしゃる」

「そもそも貴族議会に平民を呼ぶなど常識外れではありませんかな？」

「物証もあるという話ですし、今更……平民の言葉で何かを言われましてもねえ……」

侮蔑の視線がアンガスに送られるが、まあこれは想定通りだ。

こいつらの中ではこれを機会に、最初から王太子派閥のオルコット公爵家から発言力を奪うことは決まっている。

あるいはこの場で爵位すら奪うことが、シナリオとして決まっている線すら想定される。

そう、つまりは連中にとって、事実などはどうでも良い事項だし、それに付き合う気もこちらもサラサラない。

「しかし、弁護人気取りにしてはいささか稚拙ではありませんかな、マーリン様？」

と、私の正面に証人として座っているオルグレンがニタリと笑った。

「貴様、何を勘違いしている？」

「ふむ？　勘違い？」

「弁護人とは何の話だ？」

「いや、貴女はかつての師の子孫であるオルコット公爵を守るためにこの場に現れたのでしょうに？」

「ああ、確かに、オルコット公爵家を守護するためにこの場にいる」

「だから、弁護をするためなのでしょう？」

さて、ここらが潮だ。

――ここから先はエフタル様の流儀でやらせてもらう。

「私は弁護ではなく守護をすると言っている。そして、守護に必要なのは弁ではなく――力だっ！」

「何を言っているのですか貴女《あなた》は？」

天井に掌《てのひら》を向け、そして私はニタリと笑った。

「どうにもこの国の貴族は風通しが悪いようだ。議会場くらいは少し風通しを良くしてみようか？　レベル8：雷神撃《トールハンマー》！」

ズグゥ――――ン！

轟音《ごうおん》が鳴り、雷撃で破壊された天井が崩落していく。

建物の破片は貴族たちに向けて散らばり落ちていき——

「ヒィィイ！」

「か、雷っ⁉」

「天井が、天井がああああっ！」

貴族たちが悲鳴を上げる。

そんな中、私はレベル6の風魔法を発動させて、落ちてくる破片を空に向けて押し戻した。

まあ、人死にが出るのは趣旨ではない。

「さて、これで天井に大穴も開いて、風通しが良くなったようだな」

「き、きさ、貴様！　自分が何をしているか分かっているのか⁉　いかな魔族の英雄と言え……王都議会場を破壊するとは……貴様はこの国に宣戦布告でもしにきたというのかっ⁉」

オルグレンは私を睨《にら》みながら言葉を続ける。

「貴様は国を相手に喧嘩《けんか》を売るというのか？　如何《いか》に貴様が個人で稀有《けう》なる戦力を有していようと——」

「私と喧嘩をしたいのならば、やってみるか？」

「——そう、個人で国相手に喧嘩を売るなど土台無理な話……っと、今、何と言った？」

「やってみるかと、そう言ったのだ」

オルグレンは大きく目を見開き絶句し、その表情に冷や汗が見える。

そして、私の言葉を聞いた貴族諸侯は押し黙り、再び会場が静寂に包まれた。

「どうやら、私が本気だとようやく気づいて貰《もら》えたらしいな」

「と、と……とても正気とは思えん」

と、オルグレンは何かに気づいたようにニヤリと笑った。

「しかし魔族の英雄といえど、魔族同士のしがらみがあるのだろうに？　現在は名門校の学長……そして将来的に約束されている魔術師としての頂点、四皇の称号。出世の道を捨てたい訳ではないだろう？　今、貴様がやっていることは外交上の大問題だぞ？」

「まあ、しがらみについては否定はしない。これでもエフタル学派の最古参なのでな」

「だが――」と私はピシャリと言い放った。

「現在の魔術学会での地位など……どうでも良い。政治闘争で勝ち取った四皇という称号に何の価値があるというのだ。生憎《あいにく》だが――私は本物を知っているのでな。あのような現在の紛《まが》い物共には何ら心は惹《ひ》かれない」

「では、貴様は本当に……？」

コクリと私は大きく頷《うなず》いた。

そして議会場の全員に聞こえるように、大きく大きく呼びかけた。

「オルコット公爵家に文句があるなら——私に言えっ！　喧嘩なら代わりに私が買ってやろうっ！」

シンと、更なる静寂に包まれる。

衣擦《きぬず》れの音はおろか、人の息遣いすら聞こえない。

そもそもからして、舞台裏ではどちらに正統性があるかは連中も知っている。

何故《なぜ》に私が怒りを露《あら》わにしているのかも、連中は分かっているのだ。

さて、ここらでトドメを刺そうか。そして、これで王兄とやらの貴族の篭絡《ろうらく》戦略は全て水泡に帰す。

「スヴェトラーナ！」

私が天井の穴から空を見上げると、貴族連中も一斉に空を見上げる。

そこに見えるのは、翠銀色に輝く圧倒的質量。


——それは龍姫の姿。

大空に君臨する——巨大な龍だ。

「りゅ、りゅ……龍姫スヴェトラーナだと!?」

「な、何故あんなシロモノが王都の空に……？」

「スヴェトラーナと我が国は同盟関係のはず……っ！」

一同の顔色が恐怖の一色に染まる。

スヴェトラーナは高度を下げ、光と共に人間の姿を形作って議会場の中央に空から降り立った。

そうして、くるりと一回転し議会場を見渡しながら、貴族たちにクスリと嘲笑の笑みを浮かべる。

「本来的にお姉さんはヒト型のほうが強いのよ。まあ、強すぎる者の力の大小なんて貴方《あなた》たちには分からないでしょうけれど」

そこでスヴェトラーナは机の上に尻を置いて、欠伸《あくび》を一つ。

「ともかく、物事が分からない貴方たちにはトカゲの姿のほうが強大に見えるのでしょうね、本当に馬鹿らしいわ。さて、そこの僕ちゃん？」

オルグレンに向け、侮蔑の視線と共にスヴェトラーナは語りかけた。

「お姉さんたちがどうして怒っているかは分かるわよね？　四の五の言わずにオルコット公爵家からは手を引きなさい」

「魔族の英雄マーリンに龍姫スヴェトラーナ……雷神皇と縁深い二人……よくぞここまでの大物を引っ張り出したというところですなオルコット公爵。しかし、スヴェトラーナ様？　貴公と我々はかつての約定で同盟関係にあり、対等な関係のはずです。国内への口出しは不要——これは内政干渉ですぞ？」

「ふふ、ふふ、ふふふっ！　あはは！　ははははっ！」

そこでスヴェトラーナは腹を抱えて笑い始めた。

「人間が……私と対等ですって？　勘違いしているなら訂正してあげる。これは武力を背景にした命令よ。四百年前ならいざ知らず、人間の国など龍帝の血族の脅威にはなりえないわ」

パチンとスヴェトラーナが指を鳴らすと、オルグレンの頭上スレスレのところで爆発が起きた。

いや、オルグレンだけでなく、この議会場の全ての貴族の頭上で……だ。

「ヒイっ！」

「分かっているとは思うけれど、次は頭のど真ん中に当てるわ。汚い汚い脳漿《のうしょう》と血の薔薇《ばら》の花がたくさん咲くことになるのは見たくないから、オススメはしないけどね」

「し、し、しかし四百年前から貴公と我々は盟約によって結ばれていて——」

「お姉さんが過去に貴方たちとした同盟は、国ではなくオルコット公爵家と交わした個人的な約束よ」

「なっ！　それは詭弁《きべん》だ！　確かに盟約はそうなっているが、オルコット公爵家……ひいては公爵家を支配下に置く、王族……この国との同盟であるはずだ！」

「お黙りなさいな。そもそもからしてエフタル様は、別にここの国の王様の子分になったわけじゃないわ。四百年前にこの国の王に乞われて、この国に居住することになっただけよ」

「し、し、しかし――」

　そうしてスヴェトラーナは立ち上がり、両手を広げてそのまま くるりと一回転。

「あら、まだお薬が足りないみたいね。じゃあ、今度はマーリンちゃんがやったみたいな天井だけじゃなく、貴方たち諸共《もろとも》にここの全部――ぶっ飛ばしちゃってみる？」

　その言葉で貴族たちの表情が凍り付いた。

　そしてオルグレンに向けて「もう口応えするのはやめろ！」とばかりに、そこかしこからペンやらインクやらが一斉に飛んできた。

「やめ、やめて！　やめてください皆様方！」

「あらあら仲間割れ？　ふふ、面白いからもっとやって良いわよ」

　その様を楽し気に見つめ、しばらくしてからスヴェトラーナは急に興味を失ったように真顔になった。そして――

「脆弱《ぜいじゃく》、柔弱、惰弱、薄弱、虚弱、貧弱……そして挙句の果てには仲間割れ。ああ――本当に弱い人間とはつまらない生き物よね。ならばせめて、知りなさい。愚かであることを、やめなさい。そう、貴方たちが知るべきことは――」

そのまま胸を張り、挑戦的な仕草と共に言葉を続ける。

「――雷神の加護は国と共に非《あら》ず。オルコット公爵家と共にある……ただそれだけよ」

これでおしまいとばかりにスヴェトラーナはパンと掌を叩《たた》いた。

「まあ、つまりはね、言いたいことはただ一つなのよ。要は、喧嘩なら――」

スヴェトラーナがこちらを見てきたので、仕方がないのでこのアイコンタクトに乗ってやろうか。

「――このマーリンとスヴェトラーナ……私たちがいつでも買ってやる」

そうして私はオルグレンに向けて最後にこう問いかけた。

「で、オルグレン？ まだ何か文句はあるか？」

「め、め、滅相もございませんっ！」

腰を抜かしてその場で尻もちをついて、オルグレンは四《よ》つん這《ば》いのままで出入り口に向けて逃げていく。

そこでスヴェトラーナはニコリと笑い、ウサギを狩るライオンのような目つきで男爵をゆっくりと追いかけていった。

「うん、良い返事よ。素直な子はお姉さんの好み。けれど……ちょーっと外道は好きじゃないかな？」

　オルグレンの掌を踏みつけて、ゴシャリと骨の粉砕される音が響き渡る。

「お姉さんはちょっと調べ物をしていてね。指の二、三本を折るだけで面白いように喋《しゃべ》ってくれた人が一杯いるわよ、ねえ僕ちゃん？　色々と悪いことしていたみたいだけれど――子飼いを使うなら、ちゃんとお口チャックできる人にするべきだったわね」

　そうして私は予《あらかじ》め用意していた資料を壇上に置いた。

「賄賂の流れと、王太子派の貴族への脅迫、暴行、そして領内への異民族の手引きの一部始終――証拠は既に揃《そろ》っているというわけだな。おや、何故か今の言葉を聞いて顔色が悪い諸兄が多いみたいだが、何かあったのか？」

　まあ、時間もなかったので数件しか揃っていないが、これもハッタリだ。

　どうせ、これから調べればいくらでも出てくるものだしな。

「ええと、フレイザーちゃん……で良いのかしらね」

「は、は、はい……」

「ふふ、可愛《かわい》いわ。少しだけあの人に似てるかしら？　でも貴方、少し優しそうね……人の上に立つなら優しいだけじゃ駄目よ。だって、お姉さんはゴミ掃除をやるときは徹底的にって……エフタル様に教えてもらったもの」

　ポンとスヴェトラーナはオルコット公爵家の肩を叩いた。

「さあ、フレイザーちゃん？　お姉さんが全ての責任を持つわ。この国の司法の全権を、お姉さんがお姉さんの個人的武力を背景に、内政干渉を承知の上で、独断で貴方に付与します」

そうしてスヴェトラーナはニッコリと笑ってこう言ったのだった。

「国の大掃除――お任せするわよ」

サイド：エフタル

――砂礫《されき》の荒野をひた走る。

――異民族の本拠地に向けて、死の谷《デスバレー》を行く。

荒野の風を頬《ほお》に感じながら、気づいたのは王都の方角からの微《かす》かな雷気。

そろそろ……あっちでも始まっている頃か。

ともかく、ここまで舐《な》めたマネをしてくれた償いは首謀者にキッチリとさせてもらう。

が、その前に――

「……異民族の守護神か」

道行く先、目測二十メートルのところに現れたのは戦乙女とは程遠い見た目のキメラだ。

イージスの戦乙女は本来的には異民族を守るためではなく、三百年前に発見されたという古代遺跡を守るために存在している訳だ。

見たところ、その身長は五メートルほど。

巨人族《タイタン》の胴体にグリフォンの翼、下半身は……馬か？

そしてその巨体の首から先には、青白い顔をした細身の女の上半身がついている。

まあ、一言でいえば、悪趣味な造形だな。

「魔導生体兵器の類といったところか」

まあ、要は巨大なケンタウロスに翼が生えて、人間部分が女と言った風だ。

で、持っているのは弓矢ではない。

剣と盾で、あの盾がイージスの由来ってところだな。

「レベル10：雷神皇《エフタル》！」

開幕早々の全力の一撃。

最初から、コイツが出てくるのが分かっていた。

故に、事前の術式構築はとっくの昔に終えている。

大盾の性能を確かめる意味合いでの全力ぶっぱなしだが、まあ、想定通りに直撃した雷気が四散した。

「さすがに……楽勝って訳にはいかんようだな」

守護者にも個体差はある。

が、その全てが半端ではなく、四百年前の俺でも随分と手こずった記憶がある。

はたして、氷神皇なしの単独で……突破できるのかという不安すらある。

しかし……レベル10でノーダメージか。

ほんの少しならダメージが通るかもと微《かす》かに期待していたが、やはり信じられんレベルの魔法耐性だな。

ま、イージスの盾ってところで……その名に恥じぬ守護の力だ。

とりあえず、魔法では盾の防御を突破できないと判断し、次の攻撃動作へと移る。

上には飛び上がるのではなく、川に投げて跳ねる小石のように水平方向に跳躍。

一気に間合いを詰める。

――ガシ――――イ――――ンッ！

けたたましい音と共に、盾に蹴りが炸裂《さくれつ》する。

相手の体軀《たいく》が崩れたところで、空中で右足を大きく蹴り上げる。

踵《かかと》落としの要領で盾の上部のヘリに蹴りを落とす。そのまま反動を利用して上へと飛び上がる。

蹴りの衝撃で盾を取り落とした戦乙女に対し、宙に浮いたまま俺は眼下に向けて上段に剣を構える。

――殺《や》った。

重力落下と共に、切り落としを打ち込みながら、しかし……と俺は思う。

思いのほか、相手の動きが鈍い。

確かに遠距離からのレベル10を防いだ魔法耐性には舌を巻いた。が、近接のこの程度の力で、弱体化しているとはいえ人間の大規模討伐軍をどうやって退けたのかと。

この動きの鈍さと、打ち込んでくださいとばかりの隙——まるで、誘い込まれているような……？

と、そこで風魔法を発動させて後方へと緊急回避。

「おいおい、マジかよっ！」

いや、不味ったな……これは回避しようとしてできるシロモノじゃねえ。

なら、相打ち覚悟であのまま切り落としていた方が正解だったかもしれない。と、言うのも——

——イージスの戦乙女の体の至るところから、無数の金属製の銃身がハリネズミのように突き出してきたのだ。

「何でもアリかよ古代文明っ！」

いや、古代魔法文明は科学と魔法のハイブリッド方式だったはずだ。

この攻撃がありえない……ということはないのかもしれない。

ともかく、この全方位射撃をどうやって回避する？

――タタタタタタ。

口から、肩から、背中から、腹から、翼から、馬の胴体から。

数えきれないほどの銃身から、弾丸が音を超える速度で全方位に向けて発射されてくる。

「レベル８：鉄結界《マテリアルガード》！」

土の中の砂鉄を集め、瞬時に鉄の壁を作る。

魔法防御はあくまでも魔法にしか有効にしか動作しない。

が、この鉄結界《マテリアルガード》ならばそのままの意味で物理の壁だ。

「なっ⁉」

ガガ、ガガガ、ガガガっ！

十センチ程度の厚さの鉄の壁が、弾丸の数の暴力に負けてガリガリと削られていく。

「レベル８：鉄結界《マテリアルガード》！」

慌てて重ね掛けで壁を張り直すも、張り直す直前に壁を抜かれた弾丸の直撃を受ける。

肩口に二発、太ももに一発の被弾ってところだな。

「レベル10：完全回復《パーフェクトヒール》」

チっと俺は舌打ちをする。

肉が瞬時に再生せずに、回復が鈍い。

どうやら強力な呪詛《じゅそ》が弾丸に込められていたようで、回復魔法の神聖力をレジストしているようだ。

と、そこで弾丸が壁を削る音が止《や》んだ。

「弾切れ？」

補給もないこの状況で、それは相手にとっては一つの武器を完全に失うことを意味するだろう。

これで全方位射撃は気にしなくても良い……いや、違うな。

一時的ならともかく、それはコイツの兵器としての性質上、ありえない。

壁の横から顔を出し、チラリと見る。

やはり向こうも土くれの中から砂鉄を選別――そして吸収して再度の弾丸補塡《ほてん》をしているようだ。

どうやら向こうも鉄結界《マテリアルガード》に近い魔法を発動させているみたいだな。

伊達にメンテナンスなしの単独自律兵器として活動していないようで、補給物資の現地調達はお手の物に見える。

「だが、その暇は与えないっ！」

回復が難しい全方位射撃は何度も食らって良い性質のモノではない。

無論、何度も食らうつもりはない。

相手は自前での補給を前提として作られた生物兵器だ。

こちらの回復魔法の効きも悪く、耐久戦に持ち込まれると分が悪いのは必定——長期戦も愚策だ。

——故に、ここで決める。

身体能力を全力で強化する。

相手が魔法耐性の化け物であれば、こちらとしては肉体言語で解答を綴《つづ》るしかないだろう。

再度の水平跳躍、再度の飛び蹴り。

——ガシ——ィ——ンッ！

けたたましい音と共に盾に蹴りが炸裂する。

そして、ここから踵落としにいったらさっきのリピートだ。

——なら、どうするか？

俺は盾を蹴った反動を利用して後方へと跳び、刀を横薙《よこな》ぎに一閃《いっせん》。

「レベル7：魔法剣——歪曲剣《ソードオブメビウス》っ！」

空間操作と風魔法で、短距離の離れた位置の対象に、突然に風の刃を出現させ相手を切り刻む……レベル9の魔法：次元斬《ディメンションエッジ》。

これはその魔法難度を下げたマイナーチェンジ。

つまりは空間操作をして剣の刃そのものを、短距離の離れた場所に飛ばす魔法剣だ。

最近覚えた技で、これが今の俺が使える最高難度の魔法剣でもある。

戦乙女が絶対の魔法耐性を誇るのは盾のおかげ……ならば、その盾を素通りできる攻撃であれば？

「さあ、これでどうだっ！」

俺が地面に着地すると同時に戦乙女はその巨体を傾けさせ、ズシンと重苦しい音と共に

――その巨体が地面へと倒れこんでいく。

「しかし、予想以上の強敵だったな」

魔法剣という力がなければ、突破できていたかどうかは、実際のところ怪しい部分があったのは認めざるを得ないだろう。

――炎神皇《クリフ》、サーシャ、スヴェトラーナ、そして古代文明が残した遺物の守護者。

弱体化している今の世界を見て、サーシャは別として正直……まともなのはマーリンくらいだと思っていた。

最強になっても力を振るう場所がないのではないかと考えたこともあった。

が、どうにもそれは杞憂《きゆう》になりそうだ。

完全回復魔法《パーフェクトヒール》ですら未《いま》だに癒えぬ、肩と太ももの痛みに心地良さすら感じながら、俺は死の谷《デスバレー》を歩き始めたのだった。

☆★☆★☆★

異民族の洞窟に悲鳴に近い声が響き渡る。

「何だ貴様はっ⁉　突然現れて……それにその剣……ここが誰の部屋だか知っているのか⁉」

後ずさる王兄に、俺は一歩歩み寄って距離を詰めた。

「ち、ち、近寄るな！　き、き、貴様は俺を王族だと知っているのか⁉」

「王族だと？　何をワケの分からんことをいってやがる」

「異民族の王族ではないのだぞ⁉　一国の王族なのだぞ⁉」

「どこの世界に自分の国を荒らしまわる……異民族と仲良しこよしの王族がいるんだよっ！」

腹に蹴りを入れると、「グヒョエっ！」と、奇声を発して王兄はその場で蹲《うずくま》った。

と、そこで隣の部屋からの扉が開き、四人の武装した異民族が飛びかかってきた。

「き、き、貴様アアアっ！　かかれ、かかれ、かかれいっ！　殺せ！　殺せっ！　八つ裂きにして殺せ！」

一番最初に飛びかかってきた異民族の頭を上段打ち下ろし。

――ヒュオン。

頭をカチ割られ、ドサリと崩れると共に血と脳漿《のうしょう》が地面に零《こぼ》れ落《お》ちていく。

続けて、右手一本で刀を振って横薙ぎに一閃。

更に続けて左手で異民族の頬《ほお》を殴りつける。

ミシャリと骨が折れ、頬にめりこんだ拳。目玉がピンポン玉のように押し出される。

「あ……あ……」

瞬く間に三人が屍《しかばね》に変わったことで、最後の異民族の男は回れ右をして元の部屋に逃げようと背中を向ける。

「戦場で背中を向けるのは良くねえな」

レベル4の風魔法――真空の刃を飛ばした。

次の瞬間、異民族の頭部は胴体とお別れをして、四つ目の死体が部屋に出来上がる。

「これで終わりか？」

と、問いかけたところで王兄は「ははは！」と笑った。

「馬鹿めっ！」

「馬鹿はテメエだよ」

ドサクサ紛れで、天井に異民族が張り付いてたのは知ってたからな。

頭上に向けて剣を突き出すと、こちらに向けて手《て》斧《おの》を振りかぶりながら落下してきた異民族の胴体に突き刺さった。

「な、な、なああああっ⁉」

　王兄は腰を抜かしてその場で尻もちをつき、けれど虚勢を張るように声を荒げる。

「相当な剣技のようだが、それでは異民族王には勝てないぞ？　アレの部屋はこの近くだ。すぐに騒ぎを聞きつけて貴様など……」

「異民族王ってコレの持ち主のことか？　貴重な魔法装備を持ってたもんで、ちょっと拝借させてもらった」

　懐から戦利品の魔水晶のブレスレットを取り出して見せると、王兄は大きく目を見開いて——

「なっ、なっ、なっ、なああああっ⁉　き、き、貴様！　王族にこんなことをしてっ……！」

「だから、自国を荒らしまわる王族なんて存在しねえっ！」

　胸倉を摑《つか》んで右手を大きく振りかぶる。

「ぐぎゃっぷっあああ‼‼」

　メシャリ、と拳が鼻にメリこんだ。

　派手に吹き飛び、部屋の奥へとゴロゴロと転がっていく。

「あ、あ、アヒャっ！　ぐ、ぐ、ぐ……ぐうううっ！」

　そうして王兄は、部屋の壁に吊《つ》り下げられているドラを見て喜色を浮かべた。

「お、お、おま、お前……終わったぞ？　異民族共は王への忠誠が深い、その異民族王を殺してしまったのだからな！　上手《うま》くここまで忍び込めたようだが、このドラを叩《たた》いた音で警備の連中がここに押し寄せる！」

　備え付けられている巨大なバチを手に持ち、王兄は力任せにドラを叩《たた》き始めた。


——ゴーン。

——ゴーン。

——ゴーン。

——ゴーン。


　まあ、空《むな》しく響き渡るだけだ。

　ドラの音を届かせるべき相手はもういない。

　既に全員黄泉の国に旅立った後だからな。

「何故《なぜ》だ、何故に来ぬっ！　ええい、警備！　誰か、誰かおらんか！」

　王兄は立ち上がり、狼狽《ろうばい》のあまり何度も転びそうになりながら出入口へと向かう。

　そして扉を開けるや否や——

「かっ、かっ、かっ、カアアアアアアアアアアアアっ！」

通路に転がる警備の異民族の死体の群れを見て奇声をあげた。

「と、まあ……そういう事情だ」

ゆっくりと王兄に向けて歩みを進める。

「ひ、ひ、ひいいいい、寄るな！　来るな！　近寄るな！」

床に落ちている小石がこちらに向けて投げられてきたので、ヒュオンと剣を一閃、そして両断。

「往生際が悪いとはまさにこのことだな」

「しゅ、しゅ、守護者はどうした⁉　どうして異民族以外の侵入者がこんなところにいるっ⁉」

「守護者の死体からは使えそうなもんは回収させてもらった。アレの体は今となっちゃあ精製不可の魔道具のオンパレードだからな」

信じられないとばかりに王兄は大口を開く。

そして、耳を塞いだ。

「ある訳ない、そんなことが起きる訳がない！　ありえない、夢だ……そうだ、これは夢だっ——アギュっ！」

横っ腹に蹴りを入れる。

血の混じった泡を吹いて、王兄はその場でのたうち回った。

「生憎《あいにく》だが、お前のために死んだ連中のこともあるんでな。夢見心地で逝かせる気はねえよ」

砦《とりで》の警備兵……アンガスの部下のこともある。

最低限、王兄には自らの罪と人に与えた痛みを理解させてからでないと……浮かばれない連中が多すぎる。

「た、た、たしゅ、たしゅ……たすけ……や、や、やべ……やべてぐだ……わ、わた……王……王ぞ……く……っ！」

そうして、俺は何とも言えない気持ちで剣を構えた。

「四百年前のお前の先祖は仁君だったよ。国のために率先して農民と共に畑を耕す。そんな男だった」

刀の狙いを首に定める、もうここらで十分だろう。

「悪事を犯した弟を、民に示しがつかないと泣きながら処断するような男だった。そんなアイツに惚《ほ》れて……俺はアイツの傘下に入った。そう、王という肩書きじゃなく……俺はアーヴァインという人に惚れたんだ」

そうしてヒュオンと風切り音。

同時に、首がスルリと切断され、ボトリと頭部が地面に転がった。

刀の血糊《ちのり》を脂紙で拭いて、鞘《さや》に収める。

「しかし、お互いに不出来な子孫を持つと……苦労するわな、アーヴァイン」

と、俺は大きなため息をついたのだった。

エピローグ

異民族の本拠地の更に奥。

冷たい岩肌の洞穴を進んでいく。

「……はたして、鬼が出るか蛇が出るか」

奥から微《かす》かに流れてくる、身に覚えのある魔力。

異民族の住処《すみか》に入った瞬間から、俺はそれは気づいていた。

いや、アイツはそれを隠す気もないんだろう。

あるいは、俺をそこへと招待しているかのような……。

これはそんな挑戦的な魔力の香りだ。

嗅ぎなれた魔力の流れを頼りに、ヒカリゴケで薄暗く照らされた、蟻《あり》の巣のように広がる洞穴を行く。

長い長い下りを抜けて、地下水脈に差し掛かったところで光景が変わる。

どうやら、地下古代遺跡へと立ち入ることになったようだ。

——半径百メートル程度の半球状の地下空間。

中央に所在する、アステカの古代遺跡のような建築物。

その中腹まで階段を昇ったところで、内部への入口を発見した。

そうして二十メートルほど通路を進んだところで大部屋に出た。

「……サーシャ？」

ひんやりとした冷気。

だだっ広い石造りの部屋の中央には、巨大な氷塊があった。

そして、氷の中では氷漬けにされたサーシャが半裸で瞼《まぶた》を閉じていたんだ。

なるほど、どうやらサーシャが魔力を発していたのは俺を誘い込むためではなく、氷の牢獄《ろうごく》からの救援を求めるためというところか。

「……誰にやられたんだ？」

言葉と同時に解呪魔法で氷塊を破壊する。

すぐにガラガラと音を立て、氷塊は四散した。

「ほんに窮屈でたまらんかった……で、誰にやられたとな？　我にここまでのことをできる可能性を持つのはこの時代……お主を除けば他に一人しかおるまい……炎神皇《クリフ》じゃ。ま

あ、坊主にやられりゃあ世話ないの」

どれほどの時間を氷漬けにされていたかは知らない。

が、全く衰弱した様子もなく、いつもと変わらない感じだな。

まあ、こいつについては化け物中の化け物なので……そこに疑問を持っても仕方ないんだが。

「ともかく元気そうで何よりだ。しかし、師匠にはエクストラレベルの召喚魔法があったはずだろ？」

「……はは、古今東西御伽草子《オトギ・ファンタジア》か？　アレは小僧に完膚なきまでに叩きのめされたわ」

「馬鹿な……あのデタラメ魔法が？　どうやって攻略されたんだよ？」

俺の質問に、サーシャは肩をすくめてため息をついた。

「食われてしまいじゃ」

「……食われた？」

「おかげさまで、悠久の時をかけて集めた我のコレクション——幻魔の虫カゴは空っぽじゃ」

と、その時——俺は全身の毛穴から汗が湧き出るのを感じ、背後を振り向いた。

「やあ、久しぶりだねエフタル」

「おいおい……マジかよ」

そこには、赤い長髪の美少年の姿があった。

年は今の俺と同じくらい。

そして、前髪に隠されチラリと見えた額の傷……。

ああ、確かに若くなっているが、面影はあるし傷の場所も同じだ。


――曰《いわ》く、百式の焔《ハンドレッドフレイム》。

――曰く、理外の炎帝《アウトサイドマジシャン》。


そして、こいつの最も有名な通り名は――

「久しぶりだな、炎神皇」

クリフとは言わずに、敢《あ》えて通り名で呼びかける。

「はは、これはえらく他人行儀じゃないか。昔のようにクリフとは呼んでくれないのかい？」

「お前の下らない行動のせいでこっちは迷惑してたんだよ」

「しかし、本当に奇妙な縁だねエフタル」

「ああ、本当にな」

そうして炎神皇《クリフ》は長髪を左手でかきあげて、エルフ特有のとんがり耳を覗《のぞ》かせた。

「――ブリジット。僕の妹を娶《めと》った時から……ね」

「お義兄《にい》様、ご無沙汰しております……とでも言えば満足か？」

「はは、本当に君は昔から変わらない。知らないということを、この状況で能天気なままでいれるということを、憎らしいとこれほどに思ったことはないよ」

「お前が何を企《たくら》んでいるかは俺の知ったこっちゃねえが――」

睨《にら》みつけるが、威圧を感じている気配は欠片《かけら》もない。

昔と同じくひょうひょうとした態度で炎神皇《クリフ》は肩をすくめた。

「何故、氷神皇《アイザック》を殺したんだ？」

聞きたいことはいくらでもある。

が、まず一番最初に白黒をハッキリさせないといけないのは間違いなくここだ。

返答次第では、問答無用でコイツは俺の敵であることが確定する事項だからな。

そして、しばし何かを考えて、炎神皇《クリフ》は悲し気に天井に視線をやった。

「魔法適性を持たない存在――魔王の発生。全てはそこから始まったのさ。僕が氷神皇を使って作り出したマギアバーストはあくまでも副産物に過ぎない。そう――この世の在り様を変えてこそ、イデアへの道は開かれるのだから」

「相変わらず摑《つか》みどころがねえ野郎だな……四の五の言わずに質問に答えろ。何故、氷神皇《アイザック》を殺したんだ」

「親も、子供も、友人も、そして氷神皇も……僕はこの身の半身と呼べる存在の全てを捧《ささ》げてしまった」

と、その時。

俺の隣に立っていたサーシャが炎神帝に向けて歩き始めた。

「おい師匠、気持ちは分かるがコイツとドンパチ始めるなら話が終わってからに――」

言いかけたところで、俺の全身の肌が粟《あわ》だった。

と、いうのも炎神皇《クリフ》は接近するサーシャに向けて微笑《ほほえ》みすら浮かべていたんだ。

しかも、何らの迎撃の魔法式を組んだ様子もない。

サーシャについても、攻撃態勢や警戒態勢に入っていないのは一緒だ。

そうして、サーシャは炎神皇《クリフ》の隣にまで歩を進める。

ポンと炎神皇《クリフ》の肩を叩《たた》くと、サーシャはこちらに向けてゆっくりと向き直った。そして

――

――猛烈な速度で組まれていく攻性術式。

その対象は炎神皇《クリフ》ではなく……俺だ。

「おい、冗談はよせよ師匠」

「冗談ではないぞ？」

真顔で、サーシャは眉一つ動かさずに言葉を続ける。

「先ほども言ったろう？　古今東西御伽草子《オトギ・ファンタジア》がこの坊主に食われたのじゃ。まあ、そういうことで……我はコレクションを返してもらわねばならんわけじゃな、この坊主に」

「どういう……ことだ？」

「構わんな？　クリフ？」

「うん。色々と観察してきたけど——エフタルの頑固は四百年たっても変わらないようだからね……僕の話に聞く耳は持たないだろう。だから——コレはもう要らないよ」

「おい、お前ら……何言ってやがんだ？」

「何も我は無理やりに氷漬けにされていたわけではないのじゃぞ？　この遺跡は冥界の宝玉《スカーレットオブハーデス》を精製する施設であり、我は遺跡の起動の為《ため》に魔力を流していたのじゃ」

ようやく……話が読めてきた。

が、気づいた時には、もう遅いみたいだな。

サーシャは俺に救援を求めていたのではなく、そのままの意味で誘い込んでいたんだ。

炎神皇《クリフ》が出てきても俺が余裕をかましていたのは、サーシャがいたからだ。

　たとえどんな相手でも、俺とサーシャの二人を単独でどうにかできるヤツなんざ存在しない。

　が……どうやら、炎神皇《クリフ》と俺の立場は完全に逆だったようだな。

「つまり我は――この坊主の軍門に降《くだ》ったということじゃよっ！」

　そしてサーシャの眼前に巨大な棺が、地面に垂直に立った状態で現れた。

　これは闇の力を引き出す際に、サーシャが好んで使う術法だ。

　すぐさま、棺の扉がギィ……と、重苦しい音と共に開いた。

　溢《あふ》れ来る圧倒的な魔力圧の中で、チラリと炎神皇《クリフ》に視線を向けると、こちらも既に臨戦準備を終えている。

　共に、今すぐにでもレベル10を行使可能に見える。

　おいおいマジかよ。

　一人でも面倒に過ぎるのに……二人掛けで来るつもりかよコイツ等《ら》っ！

　――ヤべえ……こりゃ不味《まず》い！

「じゃあのエフタル。レベル10：不死皇《サーシャ》」

　そうして、サーシャのレベル10が俺に向けて放たれたのだった。

あとがき

白石です。最近、本当にここに書く内容に困っています。

スニーカー文庫様の編集様に対する愚痴とかの暴露話をしようにも、特にこれまで揉《も》めることも一切なく、それどころか感謝しかありませんし。

漫画家様に対する愚痴とか言おうにも「とんでもなく漫画がお上手ですね！　ありがとうございます！」以外に言葉がありませんし……。

スクウェア・エニックス様の愚痴を言おうにも「いつもレベル高い漫画家様を担当につけていただいてありがとうございます！」以外に言葉がありませんし……。

イラスト担当の魚《うお》デニム様は、いつもハイクオリティ＆セクシーな絵を描いてくださってますし……。

まあ、落第賢者《らくだいけんじゃ》の関係会社・関係者の回し者じゃないですけど、本当にこの作品は色んな方のサポートによって成り立っています。

と、そんなこんなで４巻ですね。

前段の持ち上げ……じゃなくて、本当に本心で感謝しかないのですけど、ここにつながります。

色んな方に支えられて、どうにかこうにかここまでやってこれました。

とりあえず、これまで3巻の壁を一つの目標としてきましたので感無量です。

この場を借りて前段に登場した方々、そして校正者様、あるいは私と直接かかわりのない営業様、その他、私の知らないところでこの作品を支えている全ての方に御礼申し上げます。

ここ最近のネット小説の新作を取り巻く環境は中々に芳《かんば》しくなく、3巻を超えるって、実は結構な難所と、結構な確率をいくつか乗り越えてきた……ということなんですね。

昔であれば1巻〜4巻は当たり前で、5巻でようやく壁みたいな時代もあったのですが、これが昨今のネット小説界隈《かいわい》では3巻どころか1巻2巻にも壁があるような状態でして……本当に中々に厳しいのです。

そして、ここまで来れたのは何よりもお買い上げくださった読者様のおかげです。

ありがとうございます。

お話変わりまして。

落第賢者ですが、遂《つい》に炎神皇《クリフ》との直接の邂逅《かいこう》まで描くことができましたね。

ＴＵＥＥＥ小説で、主人公より強い可能性のある……ましてや、敵でそれを出すのは禁じ手に近いと思うのですが、はたして……というところでしょうか。

と、まあそんな感じで絶体絶命的な状況で5巻に続く……という感じなのですが、本当に5巻に続くことができるかどうかはぶっちゃけ売り上げ次第です（笑）。

この作品が好きな方はご友人等へのおススメなどでご支援いただければと思います。

それでは、どうにかこうにか辿《たど》り着ければ、5巻で出会えることを願っております

白石《しらいし》　新《あらた》

落第賢者《らくだいけんじゃ》の学院《がくいん》無双《むそう》4
～二度転生《にどてんせい》した最強賢者《さいきょうけんじゃ》、400年後《ねんご》の世界《せかい》を魔剣《まけん》で無双《むそう》～

著　白石《しらいし》 新《あらた》

角川スニーカー文庫　22311

2020年9月1日　初版発行

発行者　青柳昌行

発　行　株式会社KADOKAWA
〒102-8177 東京都千代田区富士見2-13-3
電話　0570-002-301（ナビダイヤル）

印刷所　株式会社暁印刷
製本所　株式会社ビルディング・ブックセンター

Printed in Japan　ISBN 978-4-04-109766-3　C0193

★ご意見、ご感想をお送りください★
〒102-8177 東京都千代田区富士見 2-13-3
株式会社KADOKAWA　角川スニーカー文庫編集部気付
「白石 新」先生
「魚デニム」先生

角川文庫発刊に際して

角川源義

第二次世界大戦の敗北は、軍事力の敗北であった以上に、私たちの若い文化力の敗退であった。私たちの文化が戦争に対して如何に無力であり、単なるあだ花に過ぎなかったかを、私たちは身を以て体験し痛感した。西洋近代文化の摂取にとって、明治以後八十年の歳月は決して短かすぎたとは言えない。にもかかわらず、近代文化の伝統を確立し、自由な批判と柔軟な良識に富む文化層として自らを形成することに私たちは失敗して来た。そしてこれは、各層への文化の普及滲透を任務とする出版人の責任でもあった。

一九四五年以来、私たちは再び振出しに戻り、第一歩から踏み出すことを余儀なくされた。これは大きな不幸ではあるが、反面、これまでの混沌・未熟・歪曲の中にあった我が国の文化に秩序と確たる基礎を齎らすためには絶好の機会でもある。角川書店は、このような祖国の文化的危機にあたり、微力をも顧みず再建の礎石たるべき抱負と決意とをもって出発したが、ここに創立以来の念願を果すべく角川文庫を発刊する。これまで刊行されたあらゆる全集叢書文庫類の長所と短所とを検討し、古今東西の不朽の典籍を、良心的編集のもとに、廉価に、そして書架にふさわしい美本として、多くのひとびとに提供しようとする。しかし私たちは徒らに百科全書的な知識のジレッタントを作ることを目的とせず、あくまで祖国の文化に秩序と再建への道を示し、この文庫を角川書店の栄ある事業として、今後永久に継続発展せしめ、学芸と教養との殿堂として大成せんことを期したい。多くの読書子の愛情ある忠言と支持とによって、この希望と抱負とを完遂せしめられんことを願う。

一九四九年五月三日

第27回
スニーカー大賞
原稿募集中!
きみの紡ぐ物語で、
世界を変えよう。
大賞 300万円
+コミカライズ確約
金賞 100万円
銀賞 50万円
特別賞 10万円
[選考委員]
春日部タケル
「俺の脳内選択肢が、学園ラブコメを全力で邪魔している」
長谷敏司
「円環少女」「BEATLESS」
角川スニーカー文庫編集長
[前期締切]
2020年12月末日
[後期締切]
2021年6月末日
詳細はザ・スニWEBへ https://sneakerbunko.jp/award/
イラスト／左